新 潮 文 庫

波のむこうのかくれ島

椎 名 誠 著
垂見健吾 写真

目次

本文写真撮影（特記以外）　垂見健吾

9・67・87・158・177・216頁地図　椎名誠

24・48・56・60頁地図　沢野ひとし

ちょっとかくれ島まで

世界地図を広げ、左手にビールの入った大ぶりのグラスなどを持ち、寝るまでのいっ時ぼんやりあっちこっちを眺めているのはとりあえず僕にとって至福の時間である。詳細に描かれた世界地図を見ていると、たしかに日本は巨大な大陸の傍らにより添ったなんだかマヌケなイカのような形をした島国である。いくつかのやや大きめの島が寄り集まりその周辺に夥《おびただ》しい数の、しかし地球規模からいったらまあゴミのかけらのような小さな小さな島々がちりばめられている。

東アジアの島々、太平洋のいたるところにある群島、ヨーロッパ北部のいかにも冷たそうな白く蒼《あお》い島々、そういったものたちと比べてみると島国日本の風景はなんともまあ凡庸で心やさしい海域に囲まれた、ありふれた状態と形態の島々で構成されていることか。じつにのんびりと、平坦《へいたん》で平和に満ち足りているようにも見える。

けれどその一方で大都市への人口集中を繰り返しているこの国は、小さな島々をともすると忘れがちである。実際に自分の足で旅してみると、どうも多くの日本の島々が中央集権著《いちじる》しい様々な生産経済活動からとりこぼされているようにも見える。この十数年という島では急速に過疎化《かそ》が進んでいる。

寂しくなっていく島は逆に見れば人情や慈《いつく》しみあふれる日本本来の風景や感情のたゆとう世界に戻りつつあるようにもみえる。都会の雑踏をうるさく感じるようになった僕は島の旅を繰り返しているうちにゆるやかにそんなことを考えるようになった。こんな時代だからこそ今あらためてそんな海の上で復活しつつあるひとつひとつの小さな王国を訪ねてみようと思った。

僕自身も都会の生活にくたびれている。いつの日か、そんな思いで歩き回っている島々のどこかに安住の地を見つけたい——とも思う。とりあえずニッポンの北から南まで、気になる島々の幾つかを旅した。どっちにしてもひじょうに個人的な島旅である。今回まずは上巻。我が思いのさすらうままの島旅話である。

二〇〇一年二月　椎名　誠

波のむこうのかくれ島

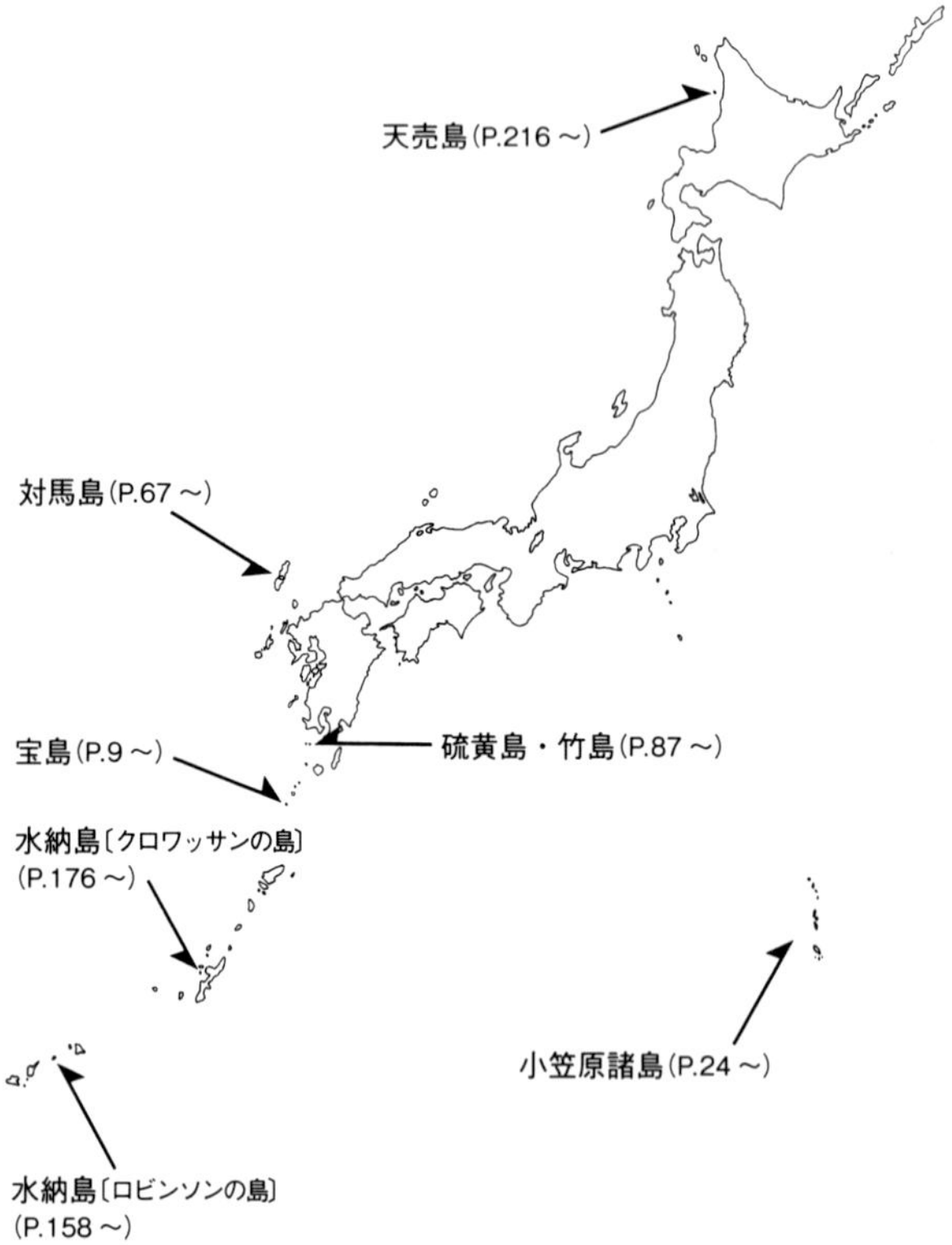
天売島(P.216 ~)
対馬島(P.67 ~)
宝島(P.9 ~)
硫黄島・竹島(P.87 ~)
水納島〔クロワッサンの島〕
(P.176 ~)
小笠原諸島(P.24 ~)
水納島〔ロビンソンの島〕
(P.158 ~)

●トカラのあつい吐息の中で●宝島

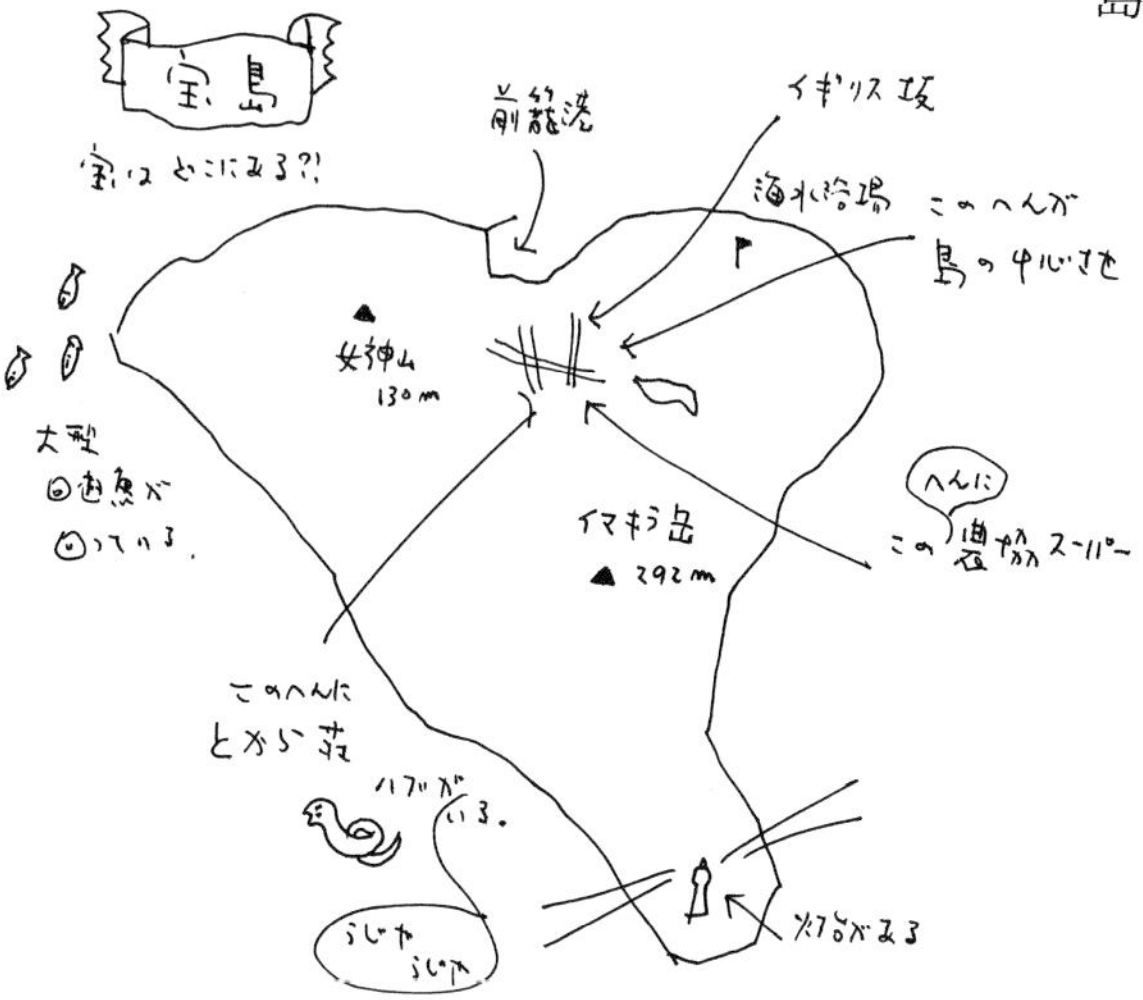

●二十年前から狙《ねら》っていた島●

前日は悪天候で船が出なかった。でもその程度のことは充分覚悟済みである。なにしろ東シナ海の荒海に浮かび、なかなか接近しづらい名うての島である。

この島のことが書いてあるいくつもの本でそのあたりは承知していた。鹿児島からの連絡船だってほんの少し前までは八日に一度だけだった。しかしそれもあてにならず荒れて欠航すると半月あまりも船が近寄らない。

考えてみるとほぼ二十年前からこの島を狙っていた。

吐噶喇《トカラ》もしくは吐火羅とも書くこの列島の呼び名の奇妙に異国的な響き。十島あるうちの南から二番目その名もズバリ宝島にはどう考えても何かありそうだ。いつか行くのだ、と意気込みつつ二十年が経《た》ってしまった。ぼくにとってはニューヨークやロンドンより遠いナゾの〝まだ見ぬくに〟。

翌日、我々のチャーターした高速船「ななしま」は奄美《あまみ》大島を出航した。この船は思いがけないときにあっちこっちに出没するので島の人は「ユーレイ船」と呼んでいるらしい。

「まだシケてますからちょっと揺れますよ」

六十二歳になるという温厚なかんじの中村船長が言った。高速船らしく、思ったよりも早く二時間と少しでめざす宝島へ。我々は奄美大島からのチャーター船でやってきたが、通常の連絡船ルートだと鹿児島から十四時間かかるのだ。

港には二人の男。我々の泊る民宿「とから荘」の主人、岩下憲雄さんと、村役場出張所の松下征克さんである。二人は手ぎわよくわがユーレイ船の接岸を手伝ってくれた。

東京を出るときはどしゃぐしゃのモーレツな梅雨のさなかであったが、島はそろそろ梅雨あけの気配で空がひろく明るい。

宿に荷物を置いてさっそく島内をひととおり歩いた。周囲約十四キロ、人口百二十六人の小さな島であるからあまり性急にあちこち見て歩くとすぐひと回りしてしまいそうなので、できるだけゆっくり時間をかけてあたりを眺めていくことにした。人口百二十六人にしては道々よくヒトに出会う。姿が見えるとむこうから「コンチハ」という声がかかる。あわててこっちも挨拶《あいさつ》。のべつすさまじい数の他人とすれちがっていながら挨拶ひとつしない都会の日常から急にヒューマンな人間同士の島にやってきた──という実感がうれしい。

そうなのだ。島が好きでこれまでぼくは随分沢山の島へ行った。外国の島も含めると百を超えるだろう。無人島だけでもざっと三十いくつ。

暑い時にはこれが一番。大間港にて。

トカラの仔牛になめられてしまった。好奇心がとても強い。

日焼したアルミ缶。
まだ半分は残っているな。

高速船を待つ三十分のこれはこれで至福の時間。

どうしてそんなに島が好きなのですか、と時おり聞かれるが、ひとつには〝島〟がもっている人と人とのつながりを大切にする独得のあたたかさ——といったものがあるだろう。

しょっちゅう行っている八丈島や石垣島などには都会では考えられないような、ホンネでつきあえる友人が何人もいる。離島のもっている本質的な厳しさが、ヒトの心をあつくやわらかくさせるのだろうか。

●朝と夕方だけ開く売店●

東京へ連絡をとる必要があった。テレホンカードでかけられる電話が通称「農協」と呼ばれる売店に一台だけある。そこはどうやらこの島の中心地らしく、売店の隣が村役場出張所と高齢者コミュニティセンター（公民館）、正面には消防署（といっても小さな消防車の駐車場というかんじ）とガソリン販売所（無人）がある。

電話は赤錆《あかさび》だらけのロッカーの中に入っていて、なんだかわからないがロッカーの中からモーレツな刺激臭が漂ってきて息がつまりそうだ。

浅い呼吸で東京へ電話。カード一枚で銀座のオフィスにいる人と話ができてしまうのがヘンなかんじである。もっとも電話（海底ケーブル）がひかれたのは三十二年前で、それ以前は連絡船がこないと外界のことは何もわからなかった。何かがおきて日本が滅びても島の人はそれを知り得なかったのだ。

売店は閉っていた。壁に《朝六時半〜七時半、夕方六〜八時営業》と貼《は》り紙がしてある。入口のところにスリッパが並べてありそこで履き物を脱ぐこと──と書いてある。なにかと注文の多いお店なのだ。

雨がいきなり降ってきた。南の島の雨はすごい。バケツをひっくりかえしたような──というが、ここのは東シナ海をひっくりかえしたようなのが降ってくる。自動販売機のビールをのみつつ雨やどり。ベンチに身の丈三十センチもありそうなナナフシがじっとへばりついていた。

スコールのあとに海に出た。砂浜におびただしい漂着物がころがっている。いろんな種類のペットボトル、アルミ缶、酒びん、プラスチック容器、ナンダカヨクワカラナイ固形物などとにかくものすごい。台湾、韓国、中国、タイやインドネシアなどの国名が書いてある。

どこの国から流れてきたかわからない椰子《やし》の実も沢山ころがっている。

民宿「とから荘」には工事関係者と釣り人のグループが泊っていた。夕食を一緒にたべる。岩下さんがトローリングで獲《と》ってきたカツオの刺身がおかずだから素晴しい

ハイ撮ります。全員覚悟するよーに。

少年は手慣れた様子でヤギの面倒をみる。

「とから荘」の岩下さんが捕まえたトカラハブ。

診療所の平方さんは鹿児島からやって来た心優しき女性である。

宝島のタケノコはとてもうまかった。

のだが、鹿児島製のショーユが甘すぎてどうにもカツオがなさけない味になってしまうのが悲しかった。釣り人たちは夕食をたべると堤防へ行って朝方まで竿《さお》を振り回し、朝帰ってきて昼間寝る。狙っているのはヒラアジで、民宿の壁には誰が仕とめたか七十キロのヒラアジの魚拓が貼ってあった。

●ハブ獲りの名人は語る●

黒砂糖焼酎《しょうちゅう》をのみながら宿の主人、岩下さんの話を聞いた。岩下さんはハブ獲りの名人でもある。

ハブはうじゃうじゃいる――らしい。三月頃から八月頃までは夜行性で、九月から十一月あたりが一番多く、その頃は昼でもよく見かけるらしい。トカラハブは沖縄のそれと較《くら》べると毒性がやや弱く、噛《か》まれても死ぬことはないらしい。

「だけど一週間はつらいよ。腕を噛まれると腕が足のようになって腫《は》れて、一週間は吐いて下痢だ。何もできないよ。その間ただじっとしてるだけ。風呂《ふろ》に入ったり酒をのんだら死ぬよ。実際にそうして死んだ人を見たことがある」

ハブは生きたまま出荷すると一匹二千～五千円で売れるので見つけたら〝貴重品〟なのである。むかしは島に乏しいタンパク源のひとつとしてハブを食べていた。ハブ獲りは女の人もする。頭をハブに噛まれた女の人の話を聞いた。道を歩いていたら木の枝から飛びかかってきたという。アパッチインディアンみたいなハブなのだ。でも頭だとすぐズガイコツがあるので歯があまり刺さらず、たいしたことはなかったそうだ。しかし、島の人は夜外を歩く時は懐中電燈《でんとう》を持っていく。夏の間窓は必ず網戸にしておく。電柱をつたわって二階からも入ってくるからである。

岩下さんが十二月に獲った黒ハブと白ハブを見せてもらった。もう半年以上も何も食っていないというのに、外に出すと素早く逃げようとし、ホーキを出すととぐろを巻いてそれに飛びかかってきた。とぐろを巻くときが攻撃準備の姿勢だ。

島の道で出会う子供がのんびりしている。交通事故の危険が殆《ほとん》どないのだ。警官がいないからバイクもノーヘルでここちよくバタバタ走る。島には素直なヒトとヒトのいとなみがある。

「だけど……」

と、ある人が少しショーチューに酔って言った。こんな小さな島だと住んでいる人は誰がどこで何してるかぜんぶわかっちまう。みんなが相互看視の中にあって息がつまるよ……。沢山のヒトがひしめく都会の相互無関心の方がよっぽど自由で人間的だ

……とまあ本日もとりあえず文句ありません。

よ……。

旅人の見るほんのひとときの風景と、住んでいる者が感じていることとではたしかに相当なへだたりがあるのだろう。

天候が安定し、夏を思わせる強い陽光がぎらんと空気をひからせる。うれしくなって軽トラの荷台に乗ってあたりを眺めながらあちこち走ることにした。

島の学校へ行った。小学生七人、中学生七人。先生が十人いる。子供たちはとても明るくてよく光る子供らしいいい眼をしていた。

子供らは今のところ島しか知らないけれど、やがては高校進学とともに島を離れていく。その時の外界のものすごい刺激をどう吸収していくかを親も先生も心配している。同じような条件にある南大東島で聞いた話では、その島の子らは高校進学で沖縄の那覇に行くケースが多いが、那覇での生活急変ですぐ男に騙《だま》され、十七歳で子供を生んで乳のみ児《ご》を抱えて島に帰ってくる女の子などもいるらしい。

親は十五歳で子供と別れなければならないのがつらい、という。

●独身女性は島に三人だけ！●

診療所に勤めている看護婦の平方久恵さんは逆に鹿児島からこの島へやってきた。

島での勤務を希望したのだという。そういう人も増えているらしい。島に二十代の人は平方さんを含めて七人いて、そのうち三人が学校の先生だ。先生は女二人、男一人。もとから島にいた青年が二人とよそからきた青年が一人。独身女性は島に三人だけだ。

診療所には平方久恵さんしかいない。一日平均六人ぐらいが診察を受けにやってくる。通常は高血圧など慢性病の治療で、重病人が出るとヘリコプターで鹿児島まで運ぶ。

「本屋も飲みにいく店も遊ぶところもないから、休みの日はもっぱら海でスノーケリングをしています。ある時まる二日間島中をバイクで走り回ったことがあります。その時のガソリン代は三百五十円でした！」


一晩中堤防で釣りをしていたグループが八十センチぐらいのヒラアジを釣ってきた。宿でさばいて、その刺身が昼めしのおかずだった。やっぱり果てしなく甘いショーユがせっかくの刺身につくづく残念だ。しかしそういうことも贅沢《ぜいたく》というべきだろう。

写真を撮っている垂見健吾《たるみけんご》と、同行編集者の齋藤海仁《さいとうかいじん》と、看護婦の平方さんの四人で海岸へ行き、流木で焚火《たきび》をつくった。あの注文の多いお店で買ってきたサカナの缶詰とカンビールで一同乾杯、目の前が夕陽だった。

あこがれのトカラの宝島はおだやかな人々が静かに暮らしている島だった。

宝島という名と海賊の隠し資金のあやしげないいつたえをミソに時々テレビの人々がやってきてうるさく走り回っていくそうだが、あとはきわめて健康的にひっそりとしているらしい。海までの道すがらタケノコ獲りのおばさんに貰《もら》ったタケノコを、火であぶりそれをかじる。

陽が沈んでも島の上の空はいつまでも明るかった。

三日目にユーレイ船で早くも奄美大島へ戻ることになった。海はいたっておだやかである。岸壁で平方さんと、ヒラアジを釣った釣り人がいつまでも手を振ってくれた。

●いいじゃんか隊、ヒミツのクサヤ旅●小笠原《おがさわら》諸島

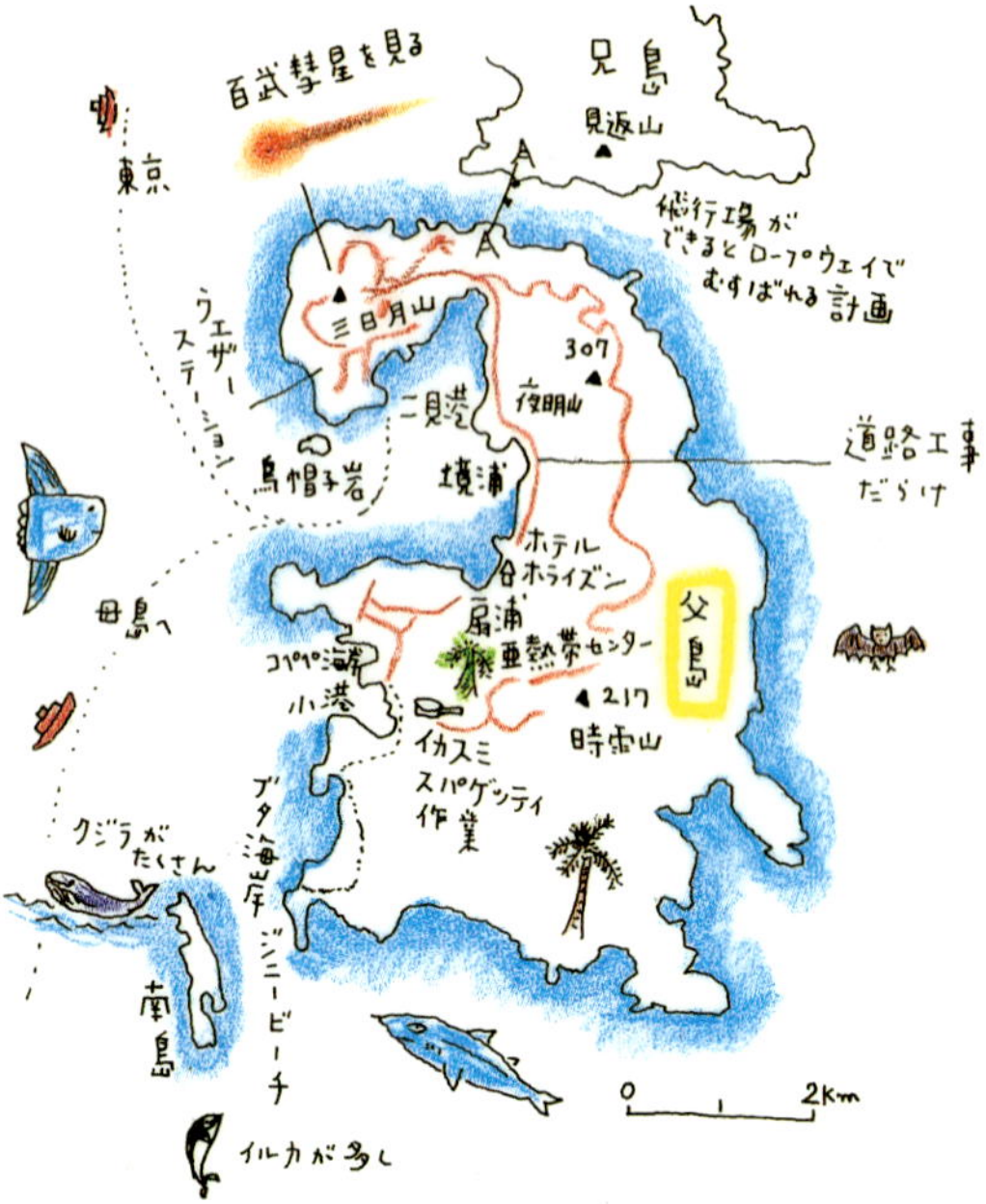

●ヒミツの小笠原計画●

思えば長い旅であった。いや、東京竹芝《たけしば》桟橋から船で二十八時間というのは、日本国内の旅の時間距離のうちでもたしかに長いが、ぼくの中ではそれ以上のながいながいみちのりがあった。

十年がかり、といってもいい。

その頃から行こうとくわだて、準備していたのだが、なぜか出発直前になって急に行けなくなる用事、事件がいつもおきて、断念！　ということが続いていた。

今度が四度目のトライであった。また不発というのはあまりにも悲しいので、出発が近くなると、あたりを見回し、小笠原に行くのをあまり知られないようにした。オガサワラの「オガ」さえ口にしないようにした。

もちろん「オガーチャーン」などとも言わない。小笠原さんという名前の人ともこの時期は会わないようにした。息をつめるように船に乗りこみ、船室のドアをバタンと閉めた。そのままじっとしていると、船は漸《ようや》く南下針路をとり、静かに揺れはじめた。

四人旅である。相棒のイラストレーター沢野ひとし、南方写真師のタルケン（垂見健吾）、随行編集者の齋藤海仁、そしてこの密航作家。

ぼくとタルケンと海仁は、以前トカラ列島の宝島に行っているので二度目の島旅である。沢野と海仁は初対面。

「この海仁はワセダの理工を出てさらに東工大の大学院を出ているんだよ」

タルケンが沢野に紹介した。

「うーん。しかし顔に表情がとぼしいね」

「近頃ありがちな勉強しかしてこなかった日本の悲しい青少年のひとつの典型ですね」

「で、何を学んでいたの？」

「ウニ、ホヤ、ヒトデです」

「ふーん。ムダだったねえ」

本人を目の前にこういう会話がなされ、カンビールのプルリングがプチプチと引かれた。「ま、一週間よろしく」

狭い船室の中でとりとめのないビール話が続く。〝人生と海〟というような話になった。沢野は名古屋で生まれ千葉の海で青少年の一時代をすごしている。ぼくは東京で生まれ同じく千葉のドロ海の風に吹かれて育った。タルケンは長野で生まれいまは身も心も沖縄の海にささげている。

海仁はその名にふさわしく横須賀の海のそばで生まれ海で育った。ウニホヤヒトデ研究もどうやらそこからきているらしい。

「あのへんはなにかというと『いいじゃん』っていうだろう」

沢野が聞く。

「ええ、まあ」

「ええまあ、じゃなくてもっと明確に『そうです！』とか『そうじゃん！』って答えるの！」沢野がおこっている。

そんな話をしているうちに一晩がすぎ、翌日の半分がすみ、めざす父島に着いた。

小笠原は父島と母島と聟《むこ》島の三系列の列島にわかれていて、父島系に属するのが父島、兄島、弟島。聟島系に属するのが聟島、嫁島、媒《なこうど》島。母島系に属するのが母島、姉島、妹島、姪《めい》島である。この三列島がケンカしたら圧倒的に女四人の母島列島が強そうだ。有人島はふたつだけで父島の人口は千九百十七人。母島が四百九十二人（平成七年）。東京から一千キロの、とりあえずは南の楽園である。

●感動の丸干しクサヤ●

思いがけずきれいでしゃれた宿に案内された。「ホテルホライズン」。クリーム色の

父島に着くと、南米原産のアノールトカゲが我々を出迎えた。こちらをジロリと見つめる上目遣いが実にあやしい。

東京の竹芝桟橋を出港し、二十八時間かけて、はるか千キロ離れた父島に到着した「おがさわら丸」。

遠い離島にしてはけっこう都会的。もっともここは東京都だった。

この浜には波止めブロックを置いてほしくない。

南島の上を南風が吹き渡る。

小港海岸は気持のいい白い砂浜だ。

壁の三階建て。海にむかって突き出た広いテラスが、民宿暮らしを覚悟していた我々をしばし点目にした。

「いいじゃんか！」思わず全員海仁化した。我々と同じフネできたらしく同時にチェックインする客が三組いた。三人姉弟ふうと家族連れと、ロング茶髪青年に作務衣《さむえ》兄イの二人組。作務衣兄イの袖《そで》の先から刺青《いれずみ》がチラチラする。（うーむ）。

フロントにはかんじのいい若い女性が二人。（うーむ）。

部屋も清潔で広かった。床は全部白いタイル貼《ば》りで、中央に葦《あし》を編んだゴザふうのものがひろげられている。

低いベッド、小さいが機能的なライティングデスク。いたるところシンプルで気がきいていた。「うーむ、日本にこんなにしゃれたホテルがあったとは……！」どうもきた早々唸《うな》ってばかりいる。

荷物を解いて、とにかく島の空気に肌でじかに触れようではないか、とみんなして島一番の繁華街にむかった。

海岸と平行に走るメーンストリートはけっこう広く、両側に商店が並んでいる。街並みも含めて、ヤップやパラオなど太平洋の島々の町のたたずまいと似ている。我々を乗せてきた「おがさわら丸」（三五五三トン）はだいたい六日おきに入港する。食料を含めてすべての生活用品はこのサイクルで島にやってくるから、船の入った日は一番のにぎわいになるのだ。

スーパーに行くと新聞が一週間分ビニール袋に入れられ、《東京スポーツ六百六十円》などと生鮮野菜のようにマジックで値段が大書きされている。新聞、雑誌、野菜類がどんどん売れて消えていく。

別の店では鯨の缶詰がなんと四種類も売られているのでなつかしさのあまりついつい沢山買ってしまった。ここで作られているわけではなく、内地から運ばれてくるのだが、それでも考えてみればこの小笠原諸島はいまザトウクジラを中心としたホエールウオッチングで売りだしているところである。鯨見物と鯨の缶詰の組み合わせにやや戸惑いつつも、少年時代によくたべ、いまや貴重品となったなつかしの味が手に入りとにかくうれしかった。

その足で港近くの「勘佐《かんざ》」という料理屋に入った。「いらっしゃーい！」と娘が元気よく入口のところで叫ぶ。

ビールと刺身とクサヤを注文した。さっきの元気のいい娘がとびはねるようにしてビールとクサヤを持ってきた。クサヤは小笠原特産の丸干しクサヤである。かるく焙《あぶ》っただけのこれが実に感動的にうまい。ぼくと沢野はむかしからビールの最高のつまみはクサヤであると信じ、クサヤひとすじ三十年の人生をつらぬいてきた。

「おお！　な、なんと」

「こ、これはこれは」

うまさに両者同時にのけぞるようにしておどろいた。元気のいい娘がそれを見てよろこんでいる。

「そんなにおいしいなら何本でも持ってくるよォ」

娘の名はみすずといった。この島では姓では呼ばずみんな名前で呼びあうらしい。

「おお、それでは追加あと六本！」

クサヤは伊豆七島で名高いがヒラキのものが殆《ほとん》どで、この丸干し型のしかも浅づけというのは小笠原だけのものらしい。焙るのも短時間だからすぐにみすずがとびはねるようにして追加をもってきた。みすずは東京から働きにきている。この後しだいにわかってくるのだが、小笠原は若い男女のアルバイト人口が多い。楽園のような島で働く、というのは「いい話」なのだろうが、実際にはこの島は時給が五百〜六百円と内地に較《くら》べると安く、逆に生活費が（たとえばアパート代が七万〜八万円と）高いので、そっちの部分は楽園ではないらしい。さらにカメの刺身（ルイベのようにしてたべる）、島トマト、アナダコ、島ずし（サワラのづけ）が出てきた。

けっこうなごめるわしらのホテル。

なつかしの鯨の缶詰がスーパーに並んでいた。

これが噂の丸干しクサヤ。

●あやしい傾斜船と海に降りる飛行艇●

翌日は六時に起きてシャワーをあび、その日締切りの原稿を書いた。ＦＡＸがあるから東京小笠原間一千キロもなんのその、だ。しかし最近はこのＦＡＸの存在がつらい。ほんの少し前のＦＡＸなどない時代だったらこの島にいる間、日頃の原稿仕事などまったく放棄した南国生活を送れるのに……。原稿を送って空を見上げる。雲の動きが早く、そのむこうにみごとに青い空がひろがっている。

「よおし」と言いつつ、朝食後みんなで本格的に島の探索に出かけることにした。

とりあえずレンタカーで島半周ルートを進んだ。地図を見るとコペペ海岸というのがある。随行編集者として小笠原諸島の本をいろいろ読んでいる海仁は「ここはむかしコペペじいさんという人が住んでいたのでそういう名になった、ということです」と解説。

「おお、そういういきさつで地名がつくられていくのはいいことだ」

「いいじゃんかいいじゃんか」

三名納得し、そこへ向ったが海岸工事中で入っていくことができない。仕方なくその先の小港《こみなと》海岸へ向った。小笠原で一番大きな川「八ツ瀬川」沿いに海岸に出るようになっているが、不安は適中した。ここも小さな川を弄《もてあそ》ぶように大袈裟《おおげさ》な護岸工事がなされ、コンクリートで固めた遊歩道などがしつらえてあって、川岸を覆《おお》うモクマオウの巨木がなんとも痛ましい。土木行政国家日本はこんな南の島の果てまで容赦なく建設という名の自然破壊をくりひろげているのだ。

それでも小港海岸は気持のいい白い砂浜だった。そのむこうに文字通りの蒼海《そうかい》がひろがり、海岸にチラホラ人の姿が見える。

大きな船がゆっくり動いている。よく見るとその船はかなり傾いているように見える。大きく傾きながら進んでいるようだ。そんな危《あやう》い状態になっていていいのだろうか。タルケンの望遠レンズで見るとたしかに傾いていた。傾いたほうの甲板は海面に達していて、そこを波が洗っている。人が動いているのが見える。沈没寸前のようでなんだかオソロシイ光景だ。

何千トンもありそうな船なので、これは海難事故ではないのか!?　どうして海岸にいる人は誰も騒がないのか？　みんな気がつかないのか？　と？マークを頭のまわりにいっぱいまきちらしながら呆然《ぼうぜん》と見ていた。しかしあたりは静かなままだ。

午後は三日月山に登り、高みから海を眺めた。地図で父島の形を改めて眺めると、首の長い海ガメが両手両足をひろげ、大きく左に首をかしげているように見える。か

飛行艇がしきりに発着を繰り返していた。

この斜め角度でとどまっているが接近していくとけっこうブキミだった。

しげた首の内側が入江になっていて、ここに島の心臓部である港や行政の建物、町がある。なるほど小さな島で、クルマだと半日で大体の様子はわかってしまう。再び町に降りていくと、飛行艇がしきりに海面からの発着をくりかえしている。道路わきに生えているモンパノキやデイゴ、タコノキのむこうにモーレツな水煙をあげて着水する飛行艇を眺める、などというのは実に異国的な風景だ。しかしどうもこの島は全般にあやしいところがある。船は傾いて走り、飛行艇はまっしぐらで海に降りてくるのだ。

●ホテルホライズンの人々●

せっかく地中海の海べのリゾートホテルのようなところに泊っているのだから——と、その日はおとなしくホテルのレストランで夕食を摂《と》ることにした。海にむけて大きな窓のひらいたきれいなレストランには同じ船できた宿泊客が全員揃《そろ》っている。東京からの「おがさわら丸」しか旅の足がないこの島では、旅行客の滞在の単位を、一航海とか二航海、というふうに表現する。すなわち一航海なら六日間、二航海ならその倍である。そこに泊った客は少なくとも一航海ぶんは一緒のホテルにいることが多いらしい。すなわち毎日顔を合わせることになる。そういう人々とまったく知らん顔

我々と同時にチェックインしたロング茶髪青年と刺青兄イはいとこ同士で、兄イはそのスジの人ではなく、刺青師であった。（写真：椎名誠。下も）

港で島の女の子が遊んでいた。堤防の上に腰をかけて友達のことや宿題のことなどをのんびり話していた。

をしているというのもナンであるが、かといっていきなり名のりをあげるというのもやっぱり少々ナンである。

　その思わぬ仲だちとなったのがクサヤであった。〝クサヤ命〟の沢野がとめるのもきかずに「クサヤ焼いてくれませんか」と突然申し出たのである。

「そうですか。この島のクサヤをそんなにお気に入りですか」チーフコックは粋《いき》な人であった。受けつけてくれたのである。

　間もなく地中海のリゾートホテルふうの美しいレストランはクサヤの臭《にお》いで充満した。ウエイトレスが笑いながら高窓をあけている。さすがに気がひけて、申しわけありません、と我々はまわりの客に頭を下げた。それがきっかけになって、宿泊客の全員と話をすることになった。話してみるといろいろなことが明らかになる。

　姉弟三人組と思ったのはなんと親子であった。ロング茶髪と刺青《いれずみ》兄イはいとこ同士で、そのスジの人ではなく、刺青師であった。体のいたるところに彫り物が入っている。しかし胸から背中にかけて唐獅子《からじし》牡丹《ぼたん》があるかと思うと腕には梵字《ぼんじ》。フトモモにはクレヨンしんちゃんの顔がある。どうも絵面《えづら》に脈絡がない。弟子の実験台になっているので、いろんなのを彫られてしまうのだそうだ。

　昼間見たいまにも沈みそうな船についてもくわしいことがわかった。

やるせない色のハイビスカス。

島のあちこちにパパイアがある。風景はどうも異国的だ。

ひっそりと可愛らしいブーゲンビリアの花。

ムニンデイゴの花。島名はビーデビーデ。

モンパノキの花が咲いていた。

帰化植物ランタナの花。

ボリビア船籍の貨物船で、鉄鉱石を運んでいる途中、貨物を支えるワイヤーが切れ、荷崩れしていまや沈没というくらいまで傾いてしまったとのことだ。以前は島の東側にいたが風向きが変ったので今日は西側にきたらしい。専門の救船艇を待っているそうで、すぐに沈没する心配はないが低気圧などがきて海が荒れると安心できないという。そうだろうなあ。

離着水の訓練をくりかえす飛行艇は、空港建設問題などで近くやってくる東京都の青島知事のためのものらしい。忙しい知事が片道二十八時間の船でやってくるわけにもいかないのだろう。なるほどなあ。

数年前、沖縄の座間味《ざまみ》島で一度会ったことのある井原かおりさんが二人の友人とやってきた。井原さんと盛川理恵さんはユースホステルで働いている。もう一人は大分県出身の緒環暁二《おだまきぎょうじ》君。アルバイトで島にきているうちに移住定着してしまった。整備士の資格を持っており、小笠原で一軒しかない自動車修理工場で働いている。この島での男の仕事口は土木工事か草むしりぐらいで、手に専門職がないと島に定着するのは大変であるという。

井原さんは東京出身。体育大学を出て二年間ＯＬをやったがオフィスの静止的日常生活に嫌気がさしてエアロビクスのインストラクターを三年。その後思うところあって西表島《いりおもて》の民宿手伝いに。以来座間味、小笠原と島の渡り鳥となった。島の仕事はけっこうきつく、狭い社会での人間関係の軋轢《あつれき》に悩むことが多いが、周囲のでっかい自然がいつもそんな思いを吹きとばしてくれる――という。

盛川さんは学芸大学の三年生。将来島の小学校の先生になるのをめざしている。井原さんと親しくなった盛川さんだが、短期間のアルバイトなので、じき東京に戻ってしまう。

「島にいると出会いが多いけれど、別れもまた多いんです」と井原さんはやや残念そうに言う。

ホテルのアルバイトをしている宮部由紀絵さんは十九歳の時に小笠原に働きにきたことがある。その後ひょんないきさつでオランダへ行き、日本料理店を経営する日本の商社に勤め、その間にオランダ人のマーセルさんと結婚しタイへ。タイのバンコクで料理店を経営するが、マフィアや警察にお金をバラまく、という現地のしくみを知らなかったために倒産。二人で小笠原にやってきた。夫のマーセルさんは小笠原支庁の下請け会社の仕事で島の草刈りやヤギの調査のアルバイトをしている。

「島はいろいろ難しいけれど、いつも目の前に大きな海があるからなあ」――宮部さんも井原さんと同じような考えのようだった。

●兄島上陸作戦に異状あり●

翌日は我々も海をのんびり眺めよう、ということになった。内地の人間のようにせかせか歩き回らずに、昨日行った小港海岸で海の風に吹かれ、島と人生について考えよう、という作戦である。

「賛成だがひるめしはどうするかね」いつもひるめしのことがなにかと気になるタルケンが言った。この島にはホカ弁屋はない。するとキャンプ旅の多い沢野が「むふふふふ」と含み笑いしつつ、自分のザックから簡易コンロと鍋《なべ》を引っぱり出した。それから続いて「イカスミソース」の袋をいくつか引っぱり出した。いま彼はイカのスミに凝っているらしい。

海岸自炊作戦でいくことにした。

小港海岸へ行くと昨日と同じように傾いたままの怪しい貨物船が見える。船員たちはみんな傾いて生活してるんだろうな、料理するのも大変だろうな、などと言いながら我々はひるめしの準備をする。

ビールをのみつつ海風に吹かれてイカスミで口中をまっ黒にする。すこぶる気分がいい。

いざイカスミスパゲッティに挑戦だ。
シェフの沢野ひとし画伯。

沢野が凝っているイカスミのスパゲッティ。ビールをのみつつ海風に吹かれ、このイカスミで口中をまっ黒にするのだ。

我々はすっかり〝小笠原いいじゃんか隊〟と化した。

「いいじゃんか、いいじゃんか」

すっかり我々は〝小笠原いいじゃんか隊〟と化して太陽と海風の中で満足した。

この自炊作戦がなかなかいい、というので翌日、空港建設問題でなにかと話題の兄島に行くときも、その仕度をしていった。ただし簡易ガスボンベの燃料がなくなってしまったので、業務用のでっかい三連式のガスレンジとプロパンガスのボンベを持っていくことになった。船で行くのだから、着いた浜に荷物を置いておいて、手ぶらで兄島をひと回りして帰ってくれば何も問題ない、という「いいじゃんか作戦パート2」である。

島の動植物にくわしい安井隆弥先生に案内をお願いした。

兄島は父島から直線でわずか一キロの距離だが強い汐《しお》の流れがあるので船で三十分ほどかかる。船の船頭と安井先生と海仁の打ちあわせが充分でなく、波うちぎわに船を突っこんで大あわてで戦場突入のようにして上陸したところは、当初船で迎えにきてもらうように頼んでいたところとは反対側なのであった。

すなわち我々はキャンプ道具からプロパンガスセット、さらにウエットスーツと潜水用ウエイトなどの重い荷物をそっくり背負って山越えをしなければならない、という相当にマヌケな事態に直面していた。

「海仁のバカタレ！　おまえはそこらのウニかヒトデになれ！」と我々は口々にののしりながらプロパンガスなどを背負って登山を開始した。

兄島は想像以上に自然の豊富なところで、安井先生はほぼ一歩ごとにこの島にしかない固有種の植物を次々におしえてくれる。この島に生えている植物の約七割が固有種というから日本のガラパゴスみたいだ。しかし我々は無意味に重い荷物をかついでいるので無意味に疲れる。一時間ほど登っていくと展望台のように島の全部と四辺の海域が見わたせるところに着いた。標高百四十メートル。気温二十六度。陽光がぎらりときつい。海からの強い風が直接ごうと吹きつけてきて、あついけれど心地がいい。

●絶望の黒カレーと怒りの無人島桟橋●

「あの岩のむこうの方でむかしアメリカのブッシュ前大統領が撃墜されたのですよ」

岩の上にすわって安井先生がおだやかな口調でおしえてくれた。

海仁は先生から植物の勉強、タルケンはあたりの撮影、ぼくはヒルネ。沢野はひるめしの仕度。メニューは野外ひるめしの王者、カレーライスである。

間もなく、いい匂《にお》いが兄島の大気を激しくかき乱し、みんなが集ってきた。

万作浜に上陸。マヌケな探検はここから始まる。無意味に重い大荷物だった。

小笠原高校の安井先生。兄島を案内してくれた。

兄島には野生のヤギが沢山いる。

唯一の土着爬虫類オガサワラトカゲ。

固有種のコブガシ。実はクスノキ科の植物。指の先にコブがある。

貴重な固有種がひしめく兄島の原生林。

「ひゃあカレーですか。たまらんですなあ」と安井先生。

「いいじゃんかいいじゃんか」タルケンがコーフンしている。

鍋のフタをあけると予想をくつがえしてまっ黒なカレーである。

「イカスミカレーね」

沢野が自信にみちた顔で顎《あご》の下などぽりぽり掻《か》いている。

五人ほぼ同時にスプーンを口にもっていったが、本来ここで異口同音に聞こえてくるはずの、

「ウメー！」

という感嘆の声がない。むしろシンとしている。風がぴょうと頭の上を吹きわたっていく。

甘ったるくてヘンな味だ。黒くて甘いヘンなドロ状物体ははっきりいって何が何だかよくわからない。イカスミの甘くて強すぎる主張がカレーの味を全面的に殺してしまったのだ。

「ちょっと深追いしすぎたかなあ」

沢野がややムナしそうにつぶやいている。

「うーむ」

タルケンが悲しそうに唸《うな》っている。

少々の休憩の後、再びむなしくプロパンガスセットをかついで反対側の浜に向った。

我々の歩いていくところがそっくり空港予定地であるという。ガラパゴス的固有種に覆《おお》われた見わたすかぎりの緑の豊かな島に空港をつくる、などというのが神にさから う暴虐《ぼうぎゃく》そのもののように思える。同じように強引な空港建設問題で揺れた沖縄石垣島の白保《しらほ》の海の見わたすかぎりのサンゴの群棲《ぐんせい》の中を泳いだときと同じような感想だ。

日本という国はこうしていたるところ空疎《くうそ》な金儲《かねもう》けのためにモノ言わぬ貴重なものを破壊してきた。この島に空港を作ろうとしているのは東京都である。ザイルつきのかなり急な崖《がけ》を降りたところに最近つくられたばかりの桟橋があった。空港建設がらみで来島することの多くなった関係者のために作ったものらしい。しかし近くで見て驚いた。なんとその桟橋は途中に大きな鍵《かぎ》のかかった鉄の扉があるのだ。一般人には断じて使わせせぬ、という役人的冷酷ぶりをあらわにした鍵つき鉄扉《てっぴ》なのである。

「オイ、これ、つまり無人島の鍵つきの扉だよ」

「しかもこれそっくりおれたちの税金でつくられてるんだよなあ」

迎えの船はまだ見えない。目の前に落ちていこうとしているぎらぎらの夕陽の前で、我々はじつにじつに心から憤慨していた。

兄島にて。ヤギの骨がころがっていた。

浜のゴロタ石に描いた沢野ひとしの石コロ絵・傑作選。

これがイカスミカレーだ！　皆が口にするまでは沢野も自信満々だったが……。

●ネムリブカにコンチワ作戦●

次の日、ダイビングサービスの「海神」（またまたカイジンだ）のボートで南島《みなみじま》に行った。操船は東京からこの島にやってきて漁師をやった後、今の仕事に就いたというオーナーの山田捷夫《しょうぶ》さん。

南島は父島から一キロのところにある無人島である。沖縄とちがって小笠原の海と島はけっこう荒々しい。南島に接近すると汐の流れが島と島の間の狭い水路に入るからなのか急に荒れだした。激しい波濤《はとう》が折り重なる幅五メートルぐらいの岩の間をアクロバチックにすり抜ける。緊張した。ひっくりかえったらえらいことになりそうだ。一カ月前に別のボートが転覆して一人死んだそうだ。

スリリングな突入であったが、胃袋のようになった湾内に入ってしまうと波ひとつない信じがたいくらいの静かで美しい入江であった。

南北一・五キロ、東西三百メートルの石灰岩でできたこの小さな島にはカツオドリなどが生息している。入江は鮫池《さめいけ》といわれている。見るとネムリブカ（ホワイトチップ）が浅いところに三十匹ぐらいかたまっている。二メートルぐらいの鮫だが頭が大きくて顔はネコに似ている。以前日本海の粟島《あわしま》の近くでこれと同じネムリブカが二百匹ぐらい集結している鮫穴にタンクをつけて潜っていったことがある。今回は素潜りで鮫とオニゴッコをした。しっぽをつかむとくねって逃げる。コンチワコンチワと親しげに挨拶《あいさつ》しつつ接近していっても逃げる。逃げる鮫を追うのは面白い。しかしあまりしつこく深追いするとガブリとやられることがあるそうだ。スリルがあって面白いが深追い禁物。カレーもそうだった。人生何事もそうなんだなあ。

タルケンが昼めしに沖縄仕込みのソーミンチャンプルー（ソーメンとツナ缶の炒《いた》めもの）に挑んだ。

「イカスミを入れないように！」

「深追いしないように！」

ぼくと海仁が力を込めて注文をつける。

●クジラ発見！　マンボウ発見！●

南島の帰り、海上がいやににぎやかだった。沢山のボートが出ている。

「ホエールウオッチングですよ」と山田さん。

ボートの集まっているところに鯨が集中しているらしい。ひときわ大きな船のそばに近づいていくと、甲板にTVカメラが見えた。間もなく小笠原に民放テレビが流れるようになる、というので、それを記念して東京から沢山のTVクルーが入ってきていた。

その船から大きな声があがった。指さすほうを見ると鮫のヒレのようなものが海面を切り裂いている。大きなヒレだがしかし鮫にしては動きがかなりマヌケだ。間もなくマンボウであるというのがわかった。南の洋上をのんびり漂っているマンボウと、それあっちだこっちだと慌《あわただ》しく追いかけ回すTVクルーとの対比がなんだかおかしかった。

遠くでクジラの汐吹きが見える。かなり大きな呼吸音も聞こえる。やがてジャンプするように大きく体をせりあげて、尾を振りあげて潜っていく。はじめて肉眼で見る海の巨大生物の雄姿であった。その後二十メートルぐらいの至近距離で、雌雄らしい二頭がいきなり浮上したときはびっくりした。ホエールウオッチングは五十メートル以上離れる、というのがルールらしいが、この場合はむこうがいきなり接近してきたのである。それ以上そばにこないように急いで港へ。

ホテルに戻ってひと息ついていると田中勤子《のりこ》さんという若い女性が訪ねてきた。あとでその友人の中出自由子《みゆこ》さんと一緒に話を聞いた。二人とも大阪からのアルバイト滞在で、この島にくる前に八丈島で働いていた。二人とも八丈島で恋人ができ、過熱

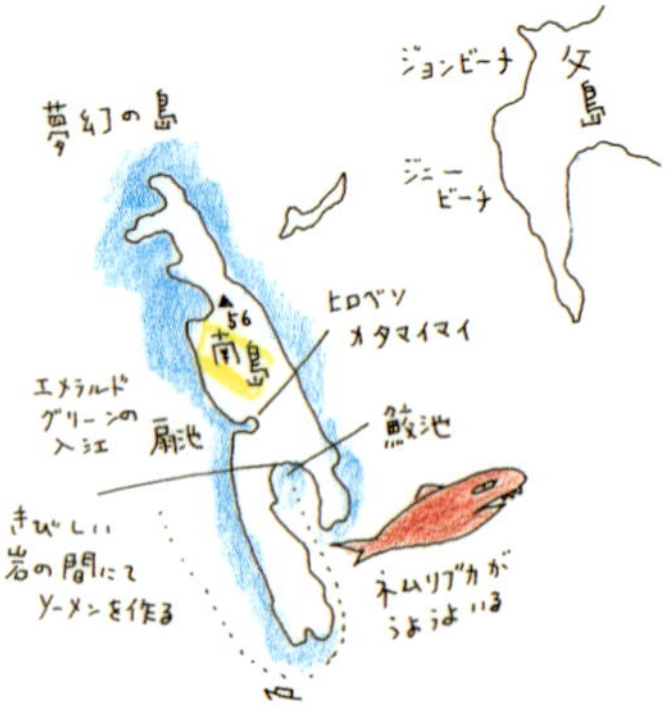

ネムリブカの海にこれから突入！
（写真：齋藤海仁）

待ちうけるネムリブカ。

一気に深海まで潜ることを誇示するかのように、それまで海面に姿を見せていたザトウクジラは巨大な尾を見せつつ海の中へと消えてゆくのだ。

鮫池と扇池の間に、鮮やかな赤土がむき出しになった場所があった。

気味の仲を少々冷やす、という意味もあって小笠原にやってきた。

　ここで働いて元手をつくり、八丈島に戻って「たこ焼き屋」を共同経営する、というのが目下の重点目標であるという。二人ともまだ二十代前半だが、じつにしっかりと将来の目標を具体的にもっているので感心した。

「もう店の名は『ナッティー』と決めてるんです。ジャマイカ語で、楽しい、とか明るい、という意味です。八丈島の人はまだ本格的な大阪のたこ焼きの味を知らないからきっとうまくいくと思います」

　中出さんの八丈島の恋人は三十八歳の潜水士。堤防工事などの仕事で彼も資金をたくわえているそうだ。八丈島に戻ったら二人は廃棄された町営バスを改装して住むという。

●初カメは嫁に食わすな●

　母島列島の母島は、父島から五十キロ。船で二時間の距離だ。

　午後四時に「ははじま丸」は出航した。小さな船なので、ぼくは殆《ほとん》ど船室で寝ていた。ぴったり六時に到着。もう暗くなりかかっている。父島からくらべると小さくて少々さびしい港だった。

民宿「ときわ」は二段ベッドの四人部屋で、あのエーゲ海か地中海か、という「ホテルホライズン」からみるとかなりの落差だが、学生時代の運動部の合宿を思いだしてこういうのも楽しい。経営者の常盤《ときわ》隆二さんがすこぶる親切で、頻繁に使うでしょうからと、わざわざFAXをとりつけてくれた。この民宿でもあのしあわせの丸干しクサヤが出てきた。素早く食って素早く寝て素早く朝だ（もうこの原稿の残り枚数が少ないので旅も忙しくなるのだ）。

父島とちがってこの島は森林が深い。土壌が厚いので根も大きく張り、それで大きい樹《き》になるらしい。桑《くわ》ノ木《き》山から北港へむかった。かつては四百人ほどの集落があったという北村の附近を歩いたが、廃村というのはなんだかつくづくさびしい。さびれた北港の浜辺ではまたまた工事をしていた。コンクリートの展望台というのをつくっている。例によって役人のつくるあまり意味のわからない施設である。高さ二メートルほどのコンクリートの屋根つきである。そんなもの作らなくても、自然のゴロタ石の浜で寝っころがってあたりを眺めたほうが屋根のない分ずっと眺望がいいのだが――。

午後に南京《ナンキン》浜というところに行って夕方までのんびりした。ここにもネムリブカが沢山いて、潜っていってまたかなり遊んだ。

ヒメジャコガイを発見。

鮫かと思ったら実はマンボウの背ビレだった。

サンゴ礁の広がる南京浜でシュノーケリングを楽しむ沢野画伯。

沖村と北村の間に位置する桑ノ木山に、大きなコブの木がある。母島の森は深く、樹木は大きい。

この浜には昔の開拓時代に中国人の移住団が住んでいたので「南京浜」という名になったのだという。

その晩は漁師の平賀秀明さんの家に呼ばれた。平賀さんは一本釣りの漁師で、タイやビンチョウマグロ、キハダマグロなどを獲《と》っている。近所の茂木さん親子や五代目セボレーさんなどもやってきた。

食卓の上にはカメの刺身、マグロのハツ、トマト、じゃがいも、さやえんどうなどが並んでいる。全部島でとれたものだ。

フトコロの深い荒々しい海域を仕事場にしている平賀さんの話が面白かった。

昔はカメを一匹獲ると一カ月生活できたという。いまはそんな商品価値はないらしいが、島では宴会というといまでもカメが主役になるという。

カメ漁は三月から。繁殖期に獲るのだ。カメの交尾は凄《すさ》まじく一匹のメスにオスが四匹も乗っていることがあるという。しかも長いときは二カ月も乗りっぱなしで、その間ずっとメスが泳いでいる、というのだからカメのオスは何を考えているのか。それでもオスか（男か！）と言いたいが、まあカメにはカメの都合としきたりがあるのだろう。

「脂《あぶら》乗ったころのカメは旨《うま》いですよ。島には『初カメは嫁に食わすな』というコトワザまであるくらいですからね。脂の乗ったカメ肉でカレーをつくるとうまいですよ」

平賀さんが実に嬉《うれ》しそうな顔でいう。イカスミは入れないほうがいいですね、とタルケンが言ったが、我々以外の人々はなんだかわからずキョトンとしている。海仁が笑っている。そういえばこの旅で海仁にかなり笑顔がでてくるようになった。

●ドラセナの花の下で●

母島に二泊して父島に帰った。父島のメーンストリートがもろに大都会に見える。草刈りから帰ってきた宮部由紀絵さんの夫のマーセルさんと会った。笑い顔がなんだかなつかしく、見るからに「いい奴《やつ》」というかんじである。オランダは格闘技がさかんで、マーセルさんもムエタイ（タイ式ボクシング。足もつかう）をやっている。ぼくもオランダのマーシャルアーツの選手をいろいろ知っていたので実に話が合った。

安井先生の紹介で島の高校生らと少し話をした。その日あたりから島の空気のニオイがなんとなくあまい。南洋の島でよく出会うドラセナの花が咲きはじめたのだ。あまくてうっとりするような本当にいいかおりがする。

学校はとても楽しいよ、とみんなくったくのない顔で言った。いじめは存在しない。私服で登校。バイクでくる生徒が殆ど。昼めしは家に帰って食べる。一クラス二十五

小笠原で出会ったみんな。
「おがさわら丸」が出港してもしばらく追いかけ見送ってくれた。

帰り際にレイを貰った。
いやはやなんとも……。

人前後。

いろんな話を聞いたが、テレビと空港問題のことだけを要約する。テレビはそれまで衛星放送しか入らなかったが、数日後から民放が全部入ってくる。「テレビよりも、夕方燈台《とうだい》のところでみんなで話をしているほうが面白いよ」という子が多かったが、彼らはまだあの民放の狂気的ともいえる強引な映像攻撃を知らないのだ。悲しいことだが、やがて燈台のところに集る仲間は減っていくような気がする。

空港問題について。

Aさん「あってもいい。飛行機に乗ってみたいから。でも今のままでもいい」

Bさん「無くていい。兄島に泳ぎに行ってるから、変ってほしくない」

Cさん「無くていい。病院があればいいのに」

Dくん「あってもいい。けど自然破壊は駄目だと思う。もし飛行場ができたら犯罪が増えるかもしれない。今は家に鍵《かぎ》をかけないでも安全だけど……」

それから二日後のよく晴れた日に島を出た。その日もドラセナの花のかおりがとてつもなくあまかった。みんな見送りにきてくれた。みすず、かおり、由紀絵、マーセル、緒環《おだまき》くん、盛川さん、刺青《いれずみ》師の安藤さん、勤子。島で出会って知りあった顔がみんないる。沢野は帰りがけに素早く丸干しクサヤを二パック買った。甲板でそのクサヤの袋を振っている。

「おがさわら丸」が港を出ると、見送る人々は待機していたボートにのって追いかけてきた。みんなものすごく大きく、手を振っていた。いつまでも手を振っていた。気分のいい余韻の残る別れだった。

●演歌がきこえるやまねこ島●

対馬島《つしま》

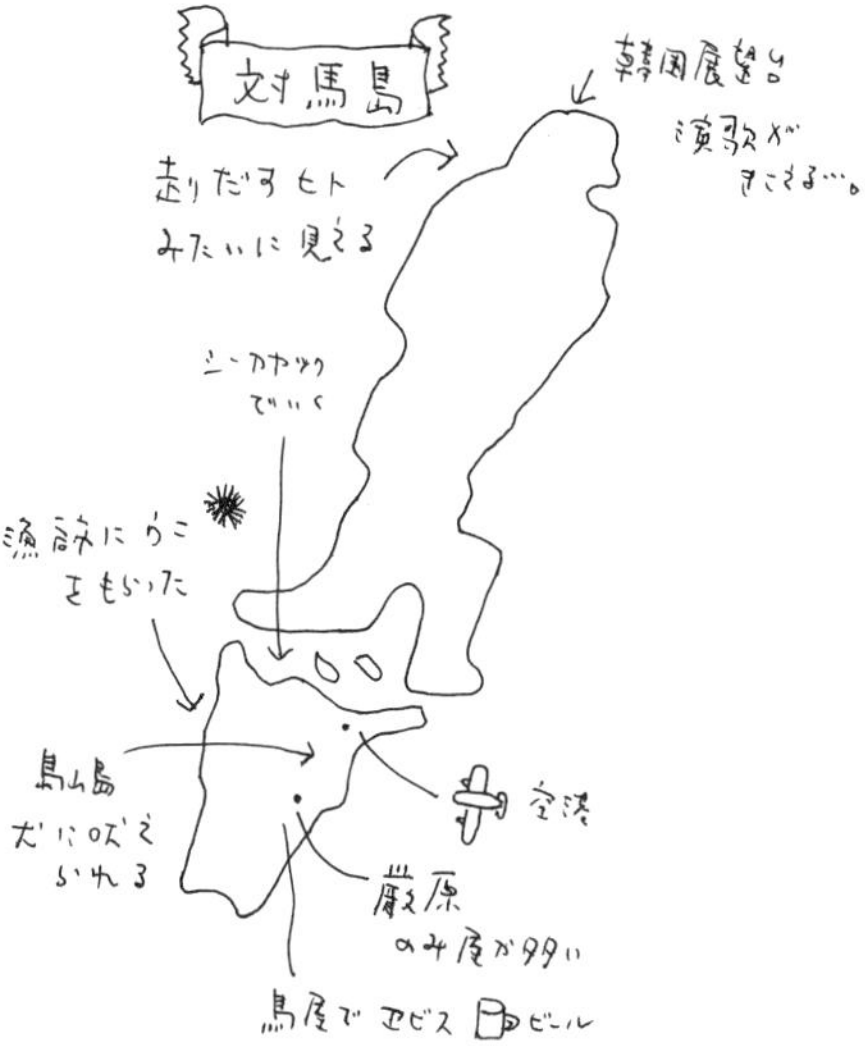

●対馬に行って釜山《プサン》のネオンを眺めよう●

やや唐突、発作的ながら国境の見える島へ行こう、ということになった。対馬である。正確には対馬島だが、なんとなく耳に残っている記憶では壱岐《いき》・対馬というほうがなじみがある。だからこのふたつの島はごく近接距離でつながっているのかと思っていたのだが、調べてみると両方別々の独立した島でその間約五十キロも離れている。関係があるのは両方とも長崎県に所属している、という程度である。しかし飛行機でこの島にいくには福岡のほうが便利だ。勿論《もちろん》長崎からも便は出ているのだが……。

調べてみるとさらに対馬は佐渡島、奄美《あまみ》大島に次いで日本で三番目に大きい島であるという。島好きのぼくがこの程度の知識もなかった、ということは、どうもそういっちゃナンだが対馬は日本のハナレ島界の中ではイメージとしてちょっとカゲが薄い、というようなところがあるのかもしれない。

が、しかし、ぼくにはこの島へどうしても行きたい理由があった。

これまで北は利尻《りしり》、礼文《れぶん》、太平洋側は小笠原、日本最南端の波照間《はてるま》、最西端の与那《よな》国《ぐに》、といったふうに、そこから先は国境の海、というところに浮かぶ島をことごとく踏破してきた（踏破といっても飛行機や船でたどりつくだけなのだが）。

対馬島の中央部は入り組んだ地形で、波は穏やかであった。

残るはこの対馬だけなのである。対馬から隣の韓国までは四十九キロであり、晴れて条件のいい日は釜山《プサン》の街が肉眼で見える、というのである。日本の国から肉眼で異国の街が見えるのはここしかない。この島へ行けばとりあえず《日本隅々国境目前島完全踏破》が果せるのだ。

しかもぼくは韓国にいまだ一度も行ったことがない。対馬の北のはずれの丘の上に行くと、夜などは釜山の赤い灯青い灯のネオンも見えるというではないか。それを見ているとなんとなく演歌を口ずさみたくなる、というではないか（いわないか）。「よおし、対馬にいって釜山のネオンを眺め、『釜山港へ帰れ』をみんなでうたおうじゃないか」と、いうことになった。一行メンバーはぼくのほか写真家タルケン（垂見健吾）と編集担当のアーサーである。

東京から福岡まで飛び、そこからまたジェット機に乗り換えて三十五分。行くときまったら時間距離としてはあっという間だ。

サツマ芋のような形をした南北に細長い島である。縦八十二キロ、横幅最大十八キロ。人口約四万六千人というなかなかのスケールであるからレンタカーを借りて動く必要がある。レンタカー屋のお姉さんが空港に出張してきており、そこで客をつかまえている。

その店に行くまでに「ツシマヤマネコはいますかねぇ？」と質問。「さあねぇ、なかなかいないんじゃないですか？」「ヤマネコに似た女の人はどうですか？」「さあねぇ捜してみて下さいよ」——どうもまともに相手にしてくれない。

レンタカーを借りる段になって意外なことが判明した。編集者は数年前に免許失効しており、写真家はついこのあいだ六十日の免停をくらったばかり。つまりはぼくが運転するしかないのだ。うーむクルマの中でビールがのめないではないか。

中途半端《はんぱ》な時間だがスバヤク取材を開始することにした。取材といったって特に何か目的があるという訳でもないのでとりあえず海でも見にいってみるか、という程度である。あてずっぽうに国道三八二号線を北上し、北の島と南の島をつないでいる万関橋《ぜきばし》を通り、パールラインという、どうもなんというかおじさん三人が口にするのは気はずかしい名のついたルートに入っていった。対向車、後続車ゼロの見事に立派な道を通っていくと、パールブリッジというものがあった。この島の道を走りだしてすぐ気づくのは、道標にすべてハングル文字が書き添えられていることである。やはりまさしく〝国境の島〟なのだ。

この島は真珠の養殖が産業のひとつで、たくさんの島に囲まれてしんと静まる内海の真珠養殖の浮玉ラインが、橋の左右に美しくひろがっている。

その道をさらにいくと島山島《しまやまじま》という上カラヨンデモ下カラヨンデモパターンの不思議な地名の集落に着いた。はなし飼いの犬が三匹やってきてナンダナンダナンダナンノ用ダ!! といってしきりに吠《ほ》えまくる。草とりをしていたおばさんに聞くと、十一世帯あって人口二十二人、旅の人が一人長期滞在しているという。半農半漁自給自足のようだ。ネギ、ジャガイモ、キャベツなどの小さな畑があるこんなさびしい村に長期滞在している人と会ってみたくなった。長編大作を書く作家かはたまた逃亡者か。静かな島に静かな時間が流れている。

●ナゾのトリ屋で生ビール●

この島で一番大きな厳原町《いづはら》（人口約一万七千人）の一番の繁華街にある宿にとりあえず荷をほどいた。作家、写真家、編集者の意見は完全に「とりあえず」の方向に集約されており、とりあえずとにかく生ビールをのもう、ということにスバヤク一致し、とにかくとりあえず夜の町に出た。この町の人口に対する飲食店の数は日本一といわれているそうだ。

しかしこの島の居酒屋店頭に掲げられている生ビールの看板は目下全国を席巻《せっけん》する薄味生ビールの銘柄ばかりであった。どうせなら濃い生ビールがのみたい。あきらめ

小型のイカ釣り船。

ネコより多いツシマヤマネコの看板。

「うちは鳥屋だから魚はないよ」と言って絶品の鳥の刺身を食べさせてくれた鳥屋の主人。

かけた頃、いきなり「エビス生ビール」の看板を出している店があった。おお、夢かマボロシか……。のれんのすき間から覗《のぞ》いてみると、無愛想なかんじの親父《おやじ》が一人じっと本を読んでいる。客の姿はない。

どどどっとその店に入り、島にきたのだからとにかくとりあえず獲《と》りたての魚の刺身に生ビールという、人生にこれ以上のシアワセはあるまいというゴールデンコンビの注文をすると、親父は「刺身はあるけど魚の刺身はないよ」とにべもない。

「じゃあ何の刺身ですか？」

「うちは鳥屋だからねニワトリの刺身だよ」

「ふーむ」

島にきて魚の刺身に対面できないとは思いもよらなかったが、問題はつまり濃い生ビールをとるか魚の刺身をとるか——ということになっている。

魚の刺身は明日も食える。トリでいこう。トリといってもここらは地鶏《じどり》できっとうまい筈《はず》だ。

三人の意見はここでもすぐにまとまった。

冷蔵庫から羽根をむかれた鶏一羽がとりだされ、素早くササミ、レバー、ズリ（砂肝）の刺身三点セットがつくられる。いやはやこれがうまいのなんの。

「ヱビスビールを入れてるのって珍らしいですね」

「きっと変ってんでしょ。島ではウチだけですよ」

棚に「田酒《でんしゅ》」、「久保田」、「萬寿鏡《ますかがみ》」など日本全国の清酒逸品がずらりと並んでいる。きっとこだわりの親父なのだ。

「だけど島は元気ないでしょ。みんなやる気ないんですよ。酒のんでパチンコしてカラオケうたってあとはナーンもやることないんだもの」

島の話をいろいろ聞きながら十一時すぎまでのんだ。

●ツシマウミネコ、無理やり発見！●

翌朝けたたましいスピーカーの声で起こされた。カン高い若い女の声、ドラえもんオバサン声、がなりたてオジサン声がいくつも重なりあう。選挙の宣伝カーの叫び声であった。そういえば昨夜の店で聞いていたのだ。

「あんたらえらい時期に来たねえ。町議会選挙がはじまったばかりだよ」

三十七人が立候補しているという。その宣伝カーが町の中心部に集ってきてそれぞれがわあわあやっているから誰が何を言っているのかすらわからない。静かな島に静かな時間が流れている、なんて言ってた奴《やつ》は誰だ！

すばやく島の北へニゲルことにした。この島にきた唯一《ゆいいつ》の目的といっていい国境の海を眺めにいくのだ。よく整備された道を突っ走って二時間。

丘の上に〈韓国連山展望台〉というわかり易《やす》い名称の、韓国風建築を模した眺め台が建てられている。

「釜山を見にきたのかね。あんたら日頃の心がけがいいんだね。今日はよーく見えるよ。え？　はじめてかね。そりゃあホントにエライ。何べん足をはこんでも見られねえ人が沢山おるんじゃのに。よっぽど日頃の心がけがよいんだわ」

坂の上にいた近所の人らしいじいさんとばあさんが二人でしきりにそういう。どう考えても日頃の心がけがそんなにいいとは思えない三人は何度もほめられるのでなんとなくうつむいてしまう。

自衛隊のレーダーが入っているらしいドームごしに、遠くたしかに釜山の街が肉眼でも見える。展望台にある望遠鏡ではもっとはっきり海岸沿いのビルまで見える。ただし、百円で二分半。夜になればネオンでそのあたりの空が赤く映えてみえる、というのも頷《うなず》ける。

が、しかし、いくらよく見えるといってもそんなにいつまで見ていてもそれほど面白いものでもない。

展望台にあった〝国境の島「対馬」〟の地図。韓国からの近さがわかる。

海の向こうにかすかに韓国が、釜山が見える。韓国連山展望台にて。

「まっ、しかし、とにかくこれでよかったよかった」

三人で握手して、ゆっくり走って島の北側を眺めながら帰ることにした。

くねくねの山道側を走ると、道路の端に《ツシマヤマネコ注意!!》というような看板が立っているので、猫を見かけるたびにたびたびハッとする。

小さな漁港に行きつくと、そこでいきなりツシマヤマネコによく似た縞《しま》模様のネコを見かけた。バス停のところになんだかフテクサレタようにごろんと寝そべっている。が、しかしそんなに簡単にあの絶滅寸前の幻のネコに出会えるわけはないだろうからこれは別種であろう。海べりのネコなのでとりあえず「ツシマウミネコ発見!!」ということにしてタルケンが一枚写真を撮り、さらに進んでいった。

しばらく行くと広々とした田園のひろがる通りに出た。まるで島ではないような風景だ。学校帰りの子供たちが麦畑のそばであそんでいた。都会の子とはあきらかにちがう土のにおいがして好奇心で目が光っていて本当の子供の顔をしている。

「いつも遊んで帰るのかい？」

「うん。このあいだは蛇をふり回してあそんだ。ヒラクチというんだ」

「ふーん」

とびきり笑えるいい顔の男の子がいたのでぼくは嬉《うれ》しくなって何枚も写真を撮って

しまった。近くに大きなボタ山が見える。亜鉛の採掘場跡であった。

そこから少し行った小さな漁港で道に迷ってしまった。漁から帰ってきた漁師に道を聞いたら、おしえてくれたついでに獲ってきたばかりのムラサキウニを大量にくれた。そのあたりまだ石屋根の家屋があちこちに残っている。対馬は堅く上質の石が豊富にとれるところで厳原の街などで大きな石積の壁がふんだんに見られる。このあたりの石屋根は平たい砂岩や頁岩《けつがん》でふかれていて、対馬の石文化を代表する風景である。

その晩は漁師に貰《もら》ったウニをさばいてもらう必要がある。顔見知りの店がいいだろうと昨夜行ったトリ刺屋に行ったのだが戸が閉っていて休みのようだった。別の店へ行ってウニをさばいてもらい、魚の刺身も切ってもらった。もう一軒、ということになり中華料理屋に入ると客は誰もいない。そういえばさっき入った店もすいていた。そこでやっとわかったのだが選挙期間中は夜の繁華街はがらすきになってしまうそうだ。島の選挙はたいていどこでも金の実弾がとびかうといわれている。疑われないためにもこの期間は関係者の酒場談議は自粛される。町議選は三百票が当選ラインということ。

この中華料理店の親父が昼間見た亜鉛の採掘場にむかし潜っていた。地底二百メートルぐらい潜っていって掘る仕事で、当時はよく生き埋めもあったという。そういう

小茂田で出会った子供たち。
その表情はみな明るかったが、知らない人に遇うのはめずらしい様子。
この子供たちも、いずれはこの島を出ていってしまうのだろうか。

厳原(いづはら)町の椎根という場所には、めずらしい石の屋根で作られた家が点在する。地震は大丈夫かと心配になるのだが、意外に頑丈なのだという。

小茂田の港で、海から戻ったばかりの漁師に道を尋ねると、ウニを山ほどくれた。店に持ち込みさばいてもらった。

すわ、ツシマヤマネコか？　いやいや、漁港に住む「ツシマウミネコ」でした。

東邦亜鉛の鉱山設備跡。採掘は二十年ほど前に終わったが、汚水処理などの作業はいまも続いているという。

本人も半日ほど胸まで埋まったままじっと救出を待っていた経験があるという。昼間会った子供たちの話をした。子供らがふり回したヒラクチという蛇はマムシのことらしい。

●バー「済州島」のヤマネコ美人●

翌日もけたたましい選挙宣伝カーの多重的叫び声で目をさました。有難いことに今日もよく晴れている。その日は漁船を借りて、島の中心部にひろがる多島湾ともいうべき一帯を動き回り、半日ほど海からこの島を眺めた。アウトドア派の若い僧侶《そうりょ》と知りあいになり、シーカヤックを貸してもらった。島が多く静かな内海がひろがっているのでシーカヤックの適地だ。

ひと休みした後、島の一番南のはずれ豆酘《つつ》崎へ行くと、ここはいままで見たどの漁港よりも元気があって大勢の人が動き回っている。

マグロの大漁船が帰ってきたところであった。小型ながらまそうな砲弾型のマグロが次々にネコ車（一輪車）にのせられて運びこまれる。ぼうっとそれを見ていたら「もってけェ」とヒラマサの子供ヒラコを二匹もらった。昨日に続いて我々も大収穫なのであった。

このヒラコをさばいてもらおうと、またあのトリ刺屋に行ったのだが、なんてことだ、その日もやっていない。エビスの生をのみたかったのに……。未練がましく入口の戸を叩《たた》いてみるがしんとしたままだ。やっぱりあのエビスの生はマボロシだったのだろうか。

呆然《ぼうぜん》としつつ別の居酒屋に行ってヒラコをさばいてもらい、焼酎《しょうちゅう》「やまねこ」をのんだ。

まだ少しのみたりないので相変わらずヒト気のない夜の繁華街をぶらぶらしていると「済州島」というバーのネオンがチラリと見えた。

カラオケをうたう男の客が二人。あとはガランとしている。店のママは文栄心さん。そのときハッと思ったのだがこの韓国美人の文さん、吊《つ》り上った目がヤマネコに似てはいまいか。同国人の男を追ってこの島までやってきたけど今は別れた。もう一人の女性は日本人で黒岩瑞穂さん。薄情な男と別れて二人の子供を育てている、とふたりとも演歌のようなことを言う。この島は男も女もいわゆる「バツイチ」が多いそうだ。ホンネの話がどんどん出てきてなかなかいい人たちだった。対馬にはいま朝鮮人、韓国人合わせて九十人ほど住んでいるという。むかしはもっと多くいて、釜山からやってくる観光客ももっといたという。

島の中央には穏やかな内海が広がり、シーカヤックには持ってこいだが、
地元のカヌークラブはたった一つだという。
シーカヤックを貸してくれた平山さんはお寺の住職であった。

「いまはみんな通りこして福岡へ行ってしまうよ。だから元気のない街になってしまったよ」

文さんもまたナゾのトリ刺屋の親父と同じようなことを言い、ぐいとグラス一杯のバーボンなどをのみ干すのであった。

島山島という名の集落で迎えてくれた犬たち。客はよほどめずらしいと見え、すさまじい勢いで吠えられた。
（写真：椎名誠。下も）

バー「済州島」のヤマネコ美人ママ・文栄心さん（中央）と黒岩瑞穂さん。カメラの垂見健吾は嬉しそうである。演歌話とともに対馬の夜は更けてゆく。

●薩摩《さつま》あやし島、突如的潜入記●硫黄島・竹島

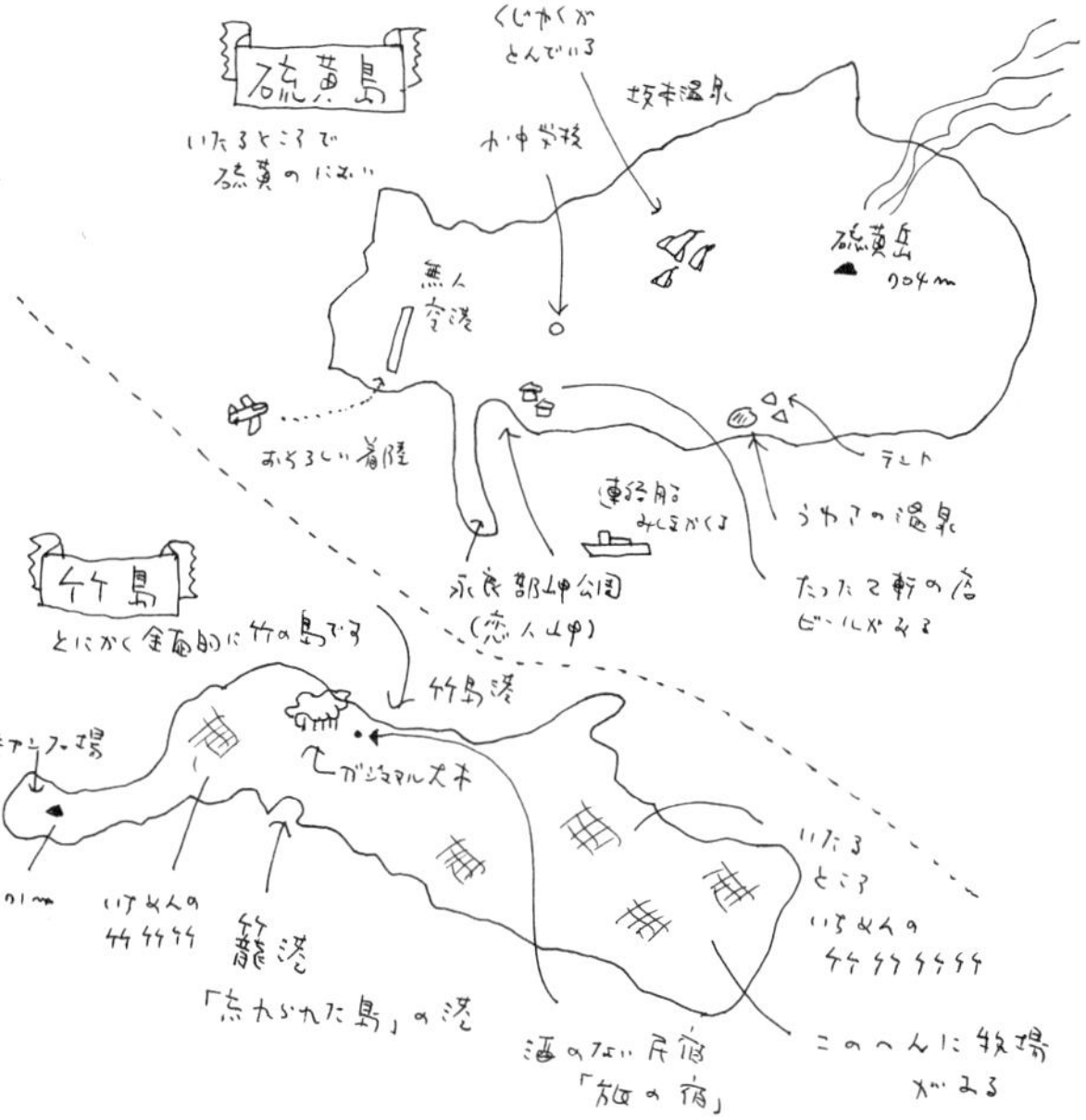
硫黄島
いたるところで 硫黄のにおい
くじゃくが とんでいる
坂本温泉
小中学校
硫黄岳 704m
無人空港
おそろしい着陸
連絡船 みしまがくる
テント
うわさの温泉
永良部岬公園 (恋人岬)
たった1軒の店 ビールがある
竹島
とにかく全面的に竹の島です
竹島港
オンボ崎キャンプ場
ソーラー電灯
ガジュマル大木
71m
いちめんの 竹竹竹竹竹
籠港
「忘れられた島」の港
いたるところ いちめんの 竹竹竹竹竹竹竹
海のない民宿 「旅の宿」
このへんに牧場がある

●忘れていた〝忘れられた島〟●

ながいこと仕事場の壁に貼《は》ったままの地図があった。二万五千分の一の通称「薩摩黒島」である。

自分でも明確な理由はわからないのだが、むかしから島が好きで、これまで世界のいろいろな島に行った。ここへ行きたい、と思う島があると、その島の地図を手に入れて、仕事場の壁に貼っておく癖ができた。そこに貼って毎日眺め、神サマみたいにして柏手《かしわで》などポンポンと打っていると、いつか必ずそこに行けるのだ。行けるとその地図をはがす。沢山の島の地図が貼られ、沢山の島の地図がはがされた。

しかし、ずっといつまでも残っていたのがこの薩摩黒島付近の地図であった。黒島は鹿児島の南、旧トカラ十島村《じっとうそん》の一番北のほうに位置する。ほぼ同じようなところにヨコに並ぶ竹島、硫黄島、硫黄島とともに「三島《みしま》」と呼ばれている。黒島は全島土が黒いので黒く見えるから――。硫黄島は常に硫黄の噴煙があがっており、竹島は全島竹だらけ、というように非常にわかり易《やす》い島の名でもある。

この三つの島に興味をもったのは随分前のことであった。岩波写真文庫は、ぼくが小学生の頃に出会っていて、学校の図書室でよくパラパラやっていた。その中の一冊

なんとも派手な色づかいのセスナ機。でも頼りになるのだ。

副操縦士席で眺めは最高なのだが、しだいに不安がつのってゆく。

に『忘れられた島』というのがあった。ぼんやり記憶していたその本が一九八八年に復刻され、「おお、コレ知ってるぞ知ってるぞ……小学校の時に見たぞ！」とよろこびつつ購入。改めてパラパラやっているうちに「行かねばならぬ！」と強く思ったのである。

断崖絶壁《だんがいぜっぺき》を見おろすモノクロの表紙写真。はるか下に波濤《はとう》が渦まき、そこを横切って見るからに危なっかしいかんじの吊《つ》り橋がかかっている。その吊り橋を籠《かご》を背負った娘らがのぼってくる。書名のとおり、ここが同じ日本か?!　と思うくらい厳しい異国のような風景がつづく。

この三つの島に関するいろいろな情報を集めていると、硫黄島こそが、あの俊寛《しゅんかん》が島流しにされた島であるらしいこともわかってきた。

いよいよ興味はつのり、ではすみやかにこの怪しい三島へ！　と思うのだが、いざ行こうと調べてみると連絡船の便が月に数回ときわめて悪い。海の荒れる季節はシケで欠航となり、一週間や十日〝島流し〟になってしまうのはザラだという。ある程度日にちの余裕をもって行かねばならない。そういうことがしだいにわかってきて、つまりはハワイよりもフィリピンよりも遠い島となってしまったのである。そうしてなかなかいけず仕事場にその地図が、あまりいつまでも貼られているものだから、かえってしだいに忘れられた存在となっていたのである。

しかしニンゲンというのはどこかでしつこくしぶとくそういう夢を追求していると、いつかはなにかに出会うものである。あるとき地方のそば屋でそこらに置いてあった女性誌をなにげなくひらいたら「潮騒《しおさい》と温泉と野生を満喫する南の楽園――硫黄島」なんていうタイトルの記事が目についた。よく読むとこの硫黄島こそ、いつの間にかぼく自身も忘れていたあの〝忘れられた島〟だったのである。なんだかむかしの恋人に会ったような気分でそこに書かれている最新情報を読んだ。するとなんということだ。今は鹿児島の枕崎《まくらざき》からエアコミューターの定期便が、わずか十五分で本土と結んでいる――と書いてある。それならばもう一週間から十日の余裕などといわなくても行かれるではないか。硫黄島に行けば連絡船で東西の黒島、竹島などすぐに行ける。幻の三島訪問が現実のものになっている。

しかし実はその雑誌を見たのもずいぶん前で、そう思ってからまたまた永い年月がたってしまったのである。ぼくはモルジブであるとかバリ島であるとかヘイマン島であるとか、もっと遠いもっと南の島へ慌《あわただ》しく行くようになっていた。

そうして一九九七年になり、改めてこの三島のことを思いだし、そうだ今年は外国の島はどこにもいかない、今こそチャンスだ！　と思った。そうして調べてみたとこ

さあこれからあの上へ降りていくのだ。降りられれば……だけど。

ろ、枕崎から硫黄島への定期便はもうなくなっており、いまはなんとかチャーター便だけ飛んでいる、という話だった。

「もうこれが最後のチャンスかもしれない。急ごう諸君！　いまこそ我々は立ちあがるべきだ！」

その日ぼくはやにわに立ちあがり、はるか南とおぼしき方向に右手をかざしてそう叫んだ。目の前に島旅同行人、アーサーとタルケンの顔。話は唐突にきまった。めざすは黒島、硫黄島、竹島の三島だ。

●不安の巨大ザックと期待の大勝軒ラーメン●

よく晴れていた。鹿児島空港から枕崎空港までタクシーで八十〜九十分だという。南国クマゴロウ型《タイプ》の運転手はいきなり長距離がとれてシアワセそうであった。途中の高速道路から桜島がウックシク見える。よく晴れすぎて、海の彼方《かなた》と空が遠くスミレ色のかすみの中で一体化している。桜島から噴きあがる煙もその中に同化しているようだ。

島ではキャンプを主体にする計画だ。慌しく決めたので出発前が忙しく、打ちあわせというものがまったくできなかった。キャンプとなれば食、住にそれなりの準備が必要である。島に行ったら殆《ほと》ど望みのものなど手に入らないと思っていいだろう。まして我々の目ざす島は〝忘れられた島〟なのである。

とりあえず巨大なザックを背負ったツアーコンダクター役のアーサーに、持ってきたキャンプ用具および食料計画を聞いた。アーサーはサッカー命の少年青年中年時代をすごし、サッカーならなんでもわかっているがキャンプははじめてである。

「テントはないが寝袋はあります」

「ランタンはないがライターはあります」

「コメ、ミソ、野菜類はないが大勝軒のラーメンはあります」

なんだかおかしなことを口ばしっている。タルケンは一応テントとワリバシはあるらしいが、なにしろ沖縄南方写真師である。ハブさえいなければどこでもそのままゴロンと寝てしまえるところでくらしている。聞けばキャンプ道具で持ってきたのはそれだけで、個人用ヘッドランプもラジウスもコッヘルもナイフもなあーんにもない、という話だ。かの島のヒトはてーげー主義といって、どんなこともなるようになるからどおーでもいいよオーという考えでつらぬかれている。

「大勝軒のラーメンとは何か？　もしかすっとあの大勝軒？」

やや言葉不充分的にぼくはアーサーに聞いた。東京西部にのれんわけで展開する濃厚ぎとぎとハフハフハフウマウマラーメンのあの大勝軒であるのだろうか。

こたえはそのものずばり大勝軒のラーメンとそのタレをそのまま持ってきたというのである。三十年以上キャンプ旅をやっているが、そんなもの持ってくる人をはじめて見た。

はたしてこの旅、どうなっていくのか？　怪しい期待と不安がギタギタと胸をゆする。

●台風は親戚《しんせき》みたいなもの●

枕崎空港からのチャーター機は四人乗りセスナである。定期船の「みしま」だと鹿児島から四時間かかるが三人で二万円足らず。チャーター機だと四万五千円もかかるのであるが、しかし十五分でいくという。

四時間よりも十五分のほうが嬉《うれ》しいが、しかし四人乗りのヒコーキというのはいったん滑走路を飛びたって空へ出てしまうとこれほどたよりない気分のものもない。ましてやその日は大型で非常に強い台風十九号が去っていったばかりの、つまり翌日なのだ。

「あの島は乱気流がきびしくてけっこうむずかしいんですわ」

ぼくは副操縦士席にすわってしまったのだが、ふとパイロットの横顔を見ると額のあたりに汗の粒が光っているのだ。気のせいかさいぜんより機体が上下にゆさぶられているようだ。ぐんぐん硫黄島の噴煙あげる異様な山が近づいてくる。ふと横溝正史とか獄門島なんて言葉が頭のどこかに浮かんで走る。機体が下がり、切りたった断崖に打ちよせて白く砕け、泡だつ海が見える。

断崖のむこうに滑走路が見えてきた。まさにこれは航空母艦に降りていく感覚だ。断崖にむかってぐんぐん接近しぐんぐん高度が落ちていく。あまり早く高度が下がると断崖の端にひっかかってしまうではないか、そうしたら大変ではないか。かといってそれを恐れるあまり滑走路深く入ってしまうと距離がたりなくなってむこう側へつきぬけてしまうではないか。そうしたら大変ではないか。どのくらいその大変が大変なのか。とにかく大変なことは大変いやだ！　などと錯乱しているうちに断崖直前でグワンと機体が浮いた。断崖から吹きあがってきた風のようだ。びっくりしたが逆じゃなくてよかった！　と思っているうちにヒコーキのタイヤがフワリと地面についた。よかったよかった。

民宿「ガジュマル」の大山キヨ子さんが迎えにきていた。我々の乗ってきたヒコーキで枕崎へ戻るという京都からきた青年が足ぶみしている。数日前にフラッとこの島

はじめはわずかだった孔雀も、野生化して数百羽に増えた。

月夜の晩はトトトッと歩き出すという俊寛の像。

にやってきたのだが台風に直撃されて民宿から一歩も出られなかった。ここの台風はまったくハンパじゃない。民宿ごと海へ吹きとばされるかと思いましたよ、ともう一刻も早くこの島から去りたい、という表情をあらわにしていた。

「台風っていってもわたしらには親戚みたいなもんだからねえ。あれでけっこう役にたつもんで、椿《つばき》の実をあらかた落としていってくれるからいいときにきてくれたですよ」

軽四輪を運転しながら大山さんはどうということもない。細い道の両側からは竹や立木がいたるところ通せんぼのようにして倒れていて、通りすぎた台風のすさまじさが我々にもわかる。

港の近くに集落があって、その路地にいきなり孔雀《くじゃく》がいた。そのすこし先の民家の庭にも別の孔雀がいて、便所の前でうっとりと尾羽をひろげている。マヌケだが孔雀だからそれなりに美しい。

「なんだなんだ？」

「なんなのだ?!」

おどろいたことに、いたるところに孔雀がいるのだ。小学校の校庭のはしには五羽ほどが並んで歩いている。そのすこし先に犬が一匹。孔雀には目もくれない。

「野良《のら》孔雀ですわ」

大山さんがおしえてくれる。

ぼくが子供の頃、東映の人気時代劇に「紅孔雀」というのがあったが野良孔雀なんてはじめてきいた。

港を見てまたびっくりした。赤茶の血のような海なのだ。この島に住んでいる人は慣れた風景でどうということもないのだろうが、はじめての我々はとにかくびっくりする。なにしろ南海の紺碧《こんぺき》の海にかなりの規模で流れていく赤茶色のかたまりなのである。港の中央には、沖にむかって虚《むな》しく片手をあげ「かえせ、もどせ〜」と泣き叫ぶ俊寛の像がある。そのずっとむこうに相変らず噴煙をあげる七百四メートルの硫黄岳。どうもここは思った以上に怪しい島のようである。

●南東向き日当り百パーセント温泉つき●

いくつかのキャンプの適地を見て回った。大山さんがすすめてくれたのはその赤い血の港を見おろすようにして細く長く衝立《ついたて》のようにのびる永良部《えらぶ》崎の先端のあたりだった。そこまで舗装道路がのびていて、その先端は四方八方を見おろせる絶景の場所で、丸く手すりに囲まれて、展望台や便所まである（ただし便所はめちゃくちゃに壊

椿の実を拾っていたおばあさんに出会う。右は収穫された実。
台風もこんなふうに役に立ったのだ。実は食用のオイルや化粧品になるという。

この港の海の色がコワイ。

硫黄岳の山肌は、噴き出す煙の成分で黄色く染まっている。
硫黄以外にも、セラミックの原料となる珪石などが採掘されていた。

されていた)。

「ここはなんというところだろう」

タルケンが地図をひろげる。

「岬公園展望台というそうですが、通称恋人岬」アーサーがツアコンふうに説明する。

「恋人岬だと」

「あちゃー」

風景はまことにいいが、ここでのキャンプはやめることにした。おじさんたち三人が恋人岬でキャンプなんかしたら誰にも言えないし知られたら一生の笑いものにされる。

次に行ったところは地図の上では広場になっていたが数百羽のカラスがいてギャーギャーやっている。一晩たりとも無事でいられそうもない。

次に行った大浦港は壁のへりにつくられた石段をはてしなく降りていく。ビルにして七〜八階分下に降りていくというあんばいだから、キャンプ道具を全部おろしたらくたびれ果ててその日はもう道まで戻れなくなりそうだ。

結局東の岩海岸にきまった。そこはかなりきつい勾配《こうばい》の岩山肌の下にあり、台風十九号によるものかいたるところ大小の落石があってどうもそのへんが少々気になるのだが、台風で落ちるべき岩はぜんぶ落ちてしまったにちがいない！　よって数日間は大丈夫！　と我々は強引に結論づけた。

この海岸がキメ手になったのはいたるところ岩肌から熱湯がしたたり落ちていて、それがやがてひとつの所にまとまって天然岩風呂《いわぶろ》温泉になっていることだった。岩とコンクリで丸く湯舟がこしらえられていて、そのすぐむこうに波濤《はとう》がうちつける。大きい波がくると湯舟にまでしぶきがかかる。

テントを張る前にさっそく三人でその温泉につかった。

「なにかとあやしい島だが、しかしこの岩風呂はスバラシイ！　これまでずいぶんいろんな島でキャンプをやってきたが、こんなに素晴しい場所ははじめてだ！」

ぼくはアーサーとタルケンにそう言った。

岩風呂温泉から徒歩十五歩のところにぼくとタルケンはテントを張った。テントのないアーサーにはフライシートを貸した。こわれた脱衣所らしきところにそれを張ってとりあえずアーサーの原始人的寝場所はできた。

腹がへっているしのども渇いた。港の前に小さな商店が二軒あり、そこでビールを買ってきた。打ちよせる台風余波のあらい波濤を見ながらカンビールをのむ。とりあえず本日、ぜーんぜん文句ないけんね、と我々は口々に申しのべる。

宿泊費タダ。無料温泉まで十五歩。

台風の過ぎ去った後には、どでかい波が残った。オバケ波には及ばなくとも、かなりの迫力。

発見した一人用の岩風呂〝インペリアルの湯〟。でも頭上の岩はちょっとコワイ。

腹がへったのでアーサーがラーメンをつくることになった。

彼が自分のでっかいザックからいきなり巨大な二穴コンロをひっぱりだしたときは驚いた。ブタンガスのボンベが二つ取りつけられるようになっている。通常ボンベの上に小さななべ置きのアタッチメントを取りつければその十分の一の大きさですむのだ。

続いてバケツ大のプラスチック容器に入ったラーメンのタレが出てきたときはもっと驚いた。大勝軒のホンモノのタレだという。こんなところまで、ナナナ、ナンテコトヲ……!?　という驚きである。ラーメン玉ももちろん大勝軒のものだ。

驚いてビールをのんでいるうちにあーつあつのつけめんふうができ上った。

すばやくそいつを食う。いや、さっきは驚いたものの、こいつは間違いなくうまい。なんといってもホンモノなのだ。眼の前でドパァーンと大波がはじける。腹の中でねっとりこってり濃厚ギトギトラーメンのうまさがはじける。この島でこんなにうまいラーメンを食ったのは我々がはじめてであろう。しかも全員温泉からあがりたてなのだ。

素晴しい夕陽だった。

目の前で大海原がざぱぁーんざぱぁーんと一日中騒いでいた。我々はその日、荒々しい岩だらけの岩壁海岸をうろつき回って、新しい温泉発掘に精を出した。なにしろいたるところの岩肌からあつい湯が豊富にしみ出ているのだからそれをたどっていくと、かならずどこかに窪《くぼ》みがあり、窪みがあるとそこに湯がたまり、これたちまちすなわち温泉ということになるのである。中にはまあ赤ちゃんのビニール製のタライぐらいのたまり湯でそこにうずくまるしか入浴の方法がないところもあるが、帝国ホテルの西洋バスぐらいのスペースのところもあってこれなどもう立派な一人用の温泉である。《うずくまり湯》《大帝国湯》《くねり湯》などと勝手に名前をつけていく。

便所はちょうど具合のいいへこみがあって海に面して尻《しり》をむけていると、やがて波がどばぁーんと岩を這《は》い上ってちょうどいい具合に尻をなでていくのである。こんなに贅沢《ぜいたく》で巨大スケールな天然純朴の水洗便所はない。

まったくここはいいところであったが唯一《ゆいいつ》の問題は焚《た》き火用の流木であった。なにしろほんのちょっと前にでっかい台風が通っていったのだ。このあたりの浮いてながれるものはそっくり全部台風の巨浪が持っていってしまったらしく、流木はまったく見あたらない。やむなく山に入って拾ってくるしかなかったが、山側は崩れた岩や石がごろごろしている。石ころだけはよそのどの海岸にも負けなかった。

ボリューム満点の大勝軒ラーメン。よくぞここまで持ってきたものだ。

夕食はキャベツうどんを中心にあやしいメニューばかり。
それでも、波の音と天の川の光につつまれてダンゼンうまい。

「石が燃やせたらすごいのになあ」

むなしいことをいいつつとりあえず夕食の仕度をした。アーサーの用意した夕食の材料もまことにミステリアスで、うどん一袋、スパゲッティ一袋、ブタ肉二百グラム、キャベツ、ジャガイモ、長ネギ少々以上おわり、であった。これで何をどうつくるか、パズルのようである。うどんは二百二十グラムしかないからまあ通常のキャンプでは一人前の量だ。かといってここにスパゲッティをまぜるのもちょっとあんばい悪かろう。仕方がないので、ここにキャベツのセン切りを大量にまぜて、キャベツ混入うどん(体にいいよオ)というのをつくった。肉はジャガイモと一緒に炒《いた》める。どっちにしてもなんだかよくわからない食いものだったが、でもまあとにかく目の前はつねに大波小波がざっぱぁーんの大海原であるし、空はひろいし風はここちいいし、歩いて十五歩で温泉だし、周辺のシチュエーションがすばらしいから、けっこうみんなうまかった。すっかり日がおちると天の川がとにかくものすごい。

ビールをのみ、ウイスキーをのむ。

やがて月があがってきた。海面が白く光っている。静かで美しすぎて海の中からナニモノかが出てきそうだ。

タルケンが例の大波水洗便所に行った。

月光の野糞《のぐそ》である。海にはときおりオバケ波というのがあって、何万回かに一回信じがたいような波がきてそこらのものを根こそぎさらっていくことがある。そういうのがきたらズボンを下げて漂うタルケンの土左衛門《どざえもん》完成ということになるが、まあそうなったらそれで本望と思うべきだよ、と出発する彼に話をしておいた。

ウイスキーの酔いがぐんぐん回り、海からの風が耳もとで何かうたっているような気もする。

タルケンが無事帰ってきた。

夕方みんなで手わけしてやっと集めてきたわずかなたき木に火をつけて、そいつがパチパチはじけるのを睡《ねむ》くなるまで眺めていた。

●野良孔雀はなぜ生き残ったのか?●

打ちよせる波の音で目をさます――という朝はそれだけでひとつの人生のしあわせである。深くていい睡りだった。しかし、夜更《よふ》けに一度小便のために目をさました。ビールをたくさんのんでそのまま睡ってしまったのでそれは当然のことだった。時計が見あたらなかったので正確な時間はわからなかったが、たぶん二時か三時ぐらいだろう。アーサーもタルケンもぐっすり寝入っているようだ。月が頂点にあって、目の前の海が銀色に光っていた。それはおそろしいくらいに平板な銀色の世界で、そのまま歩いてどこまでもいけそうなかんじでもあった。これまでずいぶん海べりでキャンプしてきたが、このような海を見るのははじめてのことだった。その美しさと神秘の静寂に息をのむ、という世界だ。モノカキになって「神秘」なんてことばはあまり使わなくなったが、使うなら今だな、と思った。もったいないので腰をおろし、しばらくそんなあやしい風景を眺めていた。ふいに背後にナニカの気配を感じ、ふりかえった。

何もいなかったが、すこし身ぶるいした。よくわからないが、ナニカがいたのかもしれない。そういうモノを見ないうちにテントの中にもぐりこんだ。

朝までその時の気配を憶《おぼ》えていたので誰かに話そうかと思ったが、見るとタルケンがもう温泉に入っている。なにしろテントから歩いて十五歩のところにある温泉である。朝おきて温泉に入り、顔を洗って温泉に入り、歯をみがいて温泉に入り、めしをくって温泉に入り、あくびをひとつして温泉に入る、という生活なのだ。

しかしそんなことをしていると脳みそまでフヤケテしまうので、アーサーの作ったタイカレーを食べたあと島の探索に出ることにした。

どこへ行くか、ということだが、強いていえばどこでもいいのであった。どっちみちのんびりした旅である。本当は翌日出る予定の連絡船に乗って黒島へ行く予定だったが、台風の襲来でそういう定期便の予定が全部狂ってしまってその船は出ないらしい。ということは、またしても、行きたかった黒島に、ここまできてもまだ行けないということなのであった。

まあとにかくもともと〝忘れられた島〟なのである。なにがおきても仕方がないのだから、早くもあきらめることにした。竹島のほうは黒島より近いので漁船に頼めばなんとか渡してくれるらしい。その分このすこぶる怪しい硫黄島をゆっくり回ってみよう、ということになった。

山の方へ少し入っていくとまたしても孔雀が七、八羽竹林の中を歩いている。普通の孔雀のほかに白孔雀、黒孔雀もいる。こうなると紅孔雀も本当にいるかもしれない。このグループはとりわけ警戒心が強いようで、我々の様子を窺《うかが》うようにしてじわじわ進んでいる。タルケンが超望遠レンズをむけるといきなりバタバタと飛びあがって編隊飛行に移った。大きな体の孔雀が飛ぶ姿というのはなにか異様で編隊飛行というより変態飛行と書いたほうがいいかんじだ。

その後いろんな人に聞いてしだいにわかったことなのだが、このあまりにも怪しすぎる野良孔雀は、もともとはヤマハリゾートホテルが持ってきたものだという。孔雀

どこへ行くか、ということだが、強いていえばどこでもいいのであった。

とホロホロ鳥の二十五のつがいをホテルの庭に放したのだが、やがてホテルは撤退し、鳥だけが残った。ホロホロ鳥はまったくいなくなってしまったが孔雀は残った。どうしてホロホロ鳥はまったくいなくなってしまったのか。答は簡単ですなわちホロホロ鳥はなかなかうまかったらしいのである。

硫黄岳は頂上にむかってぐるぐる螺旋《らせん》を描くようにして登山道がついている。硫黄を採掘するための道なのだろう。軽自動車でその道を登っていくことにしたが、いたるところ落石がころがっていて、しょっ中それをとりのぞきながら進むしかない。山肌のあちこちから濃い黄色をした硫黄まじりの噴煙があがっている。それだけでもなかなか凄《すさ》まじい登山ルートである。

頂上までいきつかないうちに道路は封鎖されてしまった。

高い山の上から改めて島を眺める。すぐ隣に竹島が、その反対側の遠くに黒島が見える。

岩波書店の『忘れられた島』を読むと、どの島も永いこと電信も電話もなかったから、船がいつくるかもわからなかったらしい。戦争中は八月の終戦も知らず、グラマンの機銃掃射をおそれて山の横穴の中でじっとして生きていた。終戦から三カ月めにやっと鹿児島から船がやってきて、たまたま村出身復員兵が一人乗っていた。兵隊が帰ってくるぐらいなんだから日本は戦争に勝ったのだろう、とみんなして足をふみならしてよろこんだ——という。

●鬼か黄海《きかい》か俊寛か●

三島小中学校へ行ってみると男の子が校庭で運動会用のダンスの練習をやっていた。この学校は小中あわせて生徒十七人。みんな明るく屈託がなくて人なつっこい。大きな子供が手に手に色とりどりのボンボンを持って汗だくで応援ダンスの練習を真剣にやっているのがおかしかった。

椿《つばき》の木の林の中では老人たちが椿の実拾いに精を出していた。嵐《あらし》がかなりの実を落していったので老人たちにはまさしく恵みの風だったらしい。

椿の実は一キロあたり六百円。だいたい一軒の家で八百キロから一トンぐらいは穫《と》るという。けっこういいアルバイトになっているのだ。ただし椿の山は持ち主や権利や拾える時期が全部きまっていてやたらとあっちこっちで穫ることはできない。

島の裏側に坂本温泉というのがあって、島の人はそっちの方へよく行く、というので、ぐるりと回って行ってみた。ここは汐《しお》の干満を利用して入るところでなかなかそのあんばいが難しい。お湯の出てくるパイプを横に倒すとあつい湯が沢山でてきて、立てるととまる、ということがわかったあたりで、満ち汐になってきた。海の満ち汐のアシというのはものすごく早い。まあ、ちょうどいい湯加減だろう、と思っていると、たちまちつめたくなってしまい、まったくダメになってしまった。

そうこうしているうちにまた激しく腹が減ってきたので、港の近くにあるお店でビールとインスタントラーメンを買い、キャンプ地に持っていってそいつを作って食った。わびしい食生活だが食堂が一軒もないからしようがないのである。

ざっぱぁーんざっぱぁーんの海を眺めながら、しかしどうもこれであらかたこの島は歩いてしまったらしい、ということに気がついた。

硫黄島は別名「鬼界島」ともいう。これは鬼が棲《す》んでいそうなおどろおどろしい島というところからつけられた、という説と、硫黄岳からひっきりなしに流れ出る黄色い煙によってまわりの海面が黄色く染まっているので「黄海島」から出たのだという説がある。

もうひとつ、「斉明天皇の頃、唐に使いした軽大臣が唐人に啞《おし》の薬を飲まされ、身に絵具を塗られ、夜には頭に燈台《とうだい》をのせて歩かされ燈台鬼と嘲笑《ちようしよう》されたが、やがてその息子に助けだされ、帰国の途中硫黄島に漂着した。再び都を見ず、硫黄島に骨を埋めた軽大臣を偲《しの》んで、鬼界島というのだともいう」（岩波写真文庫『忘れられた島』）というのもある。

平清盛の怒りにふれ、僧俊寛がここに流されたのは治承元年（一一七七）のことである。俊寛と一緒に流罪《るざい》となった成経《なりつね》、康頼の二人は翌年に赦免されたが、俊寛は許されず、「せめて薩摩地なりとも連れ給《たま》え」と泣き叫ぶ姿が港の真ん中の俊寛の像として残っている。当時の硫黄島のありさまを想像するのは難しい。同じように残されていく俊寛の慟哭《どうこく》いかばかりか、とそれを思うのもいまの我々には無理であろう。しかし俊寛のその思いはこの島のどこかにいまだにつよく残っているような気がする。

この島はいまでも鬼が出る。毎年八月の一日に八朔《はっさく》祭りがあって、その日、男たちは蓑《みの》とこわい顔の面をつけ、島の家々を歩き回り、女人を追いかけまわす。その日はお面をかぶった男たちは女たちに何をしてもいいのだそうである。これは島の女性たちにとって何よりもおそろしい日であったらしく、天井裏にかくれたり弁当をもって山の中に逃げたりしてやりすごしていたらしい。このお面が鬼に似ている。やっぱりここはさまざまな鬼の伝承にみちている島のようだ。

●ジャガイモ上納、七杯目までは控えめに●

島の西側の高台に行くと広大な牧草地になっていて、のどかな牛の鳴き声などが聞こえる。しかしそこに生えているかなり大きな松の木はみんな立ち枯れしていて、なんとも異様な光景だった。これは昭和九年（一九三四）に新硫黄島（すぐ近くに突然できた隆起島）が誕生した時の噴火が原因らしい。

むかしそのあたりにはジャガイモ畑が沢山あったという。

「畑をもたない我々は大きな籠《かご》を担《かつ》いでいってよそのジャガイモを掘り、地主に納めるのです。しかし地主も貧しいから給料は現物支給です。籠七杯を地主のために運んで八杯目からが私たちの取り分になりました。だから七杯目までは籠満杯ではなくほんのすこしだけ少なめにしました。まああの頃は生きるのにとにかく、みんな精一杯でしたものね」（村の人の話）

いまでも畑ではジャガイモをつくっているが、逆にいえば塩害と煙害（硫黄岳からの噴煙や酸性雨）で他の作物は育たないということらしい。

その日は民宿「ガジュマル」に泊った。宿の前の道に見事なガジュマルの大木がはえていて、そこからお客さんがその宿の名をつけてくれたのだという。宿の仕事は奥さんがやり、旦那はそこから歩いて百歩ぐらいのところにある郵便局に勤めている。二人の子供は鹿児島で暮らしているそうだ。

赤トンボがいっぱいとんでいる。風の吹きわたる音と汐のにおい。聞こえるのは自然の音だけである。幼稚園帰りらしい子供を連れたお母さんがうたをうたいながらガジュマルの下をいく。ここには日本むかしむかし話みたいな風景がまだ残っている。カメラを持っていってバチリとその親子づれの写真を撮った。小さな子がなんだかびっくりして呆然《ぼうぜん》とした顔でぼくを見上げている。どこかからやってきた鬼と思ったのだろうか。

民宿には、近くで大工仕事をしている四人の男たちが泊っていた。その期間大工さんたちは鹿児島からきて泊りこんでいるのだという。なるほど島では家を建てるのもそんなふうにしなければならないのだ。鹿児島の焼酎《しょうちゅう》「島美人」がゆったりと芳醇《ほうじゅん》にうまい。飲みながら案のじょうメタメタになってしまったスケジュールのことについて話をした。黒島行きは諦《あきら》めたが竹島にはなんとか行きたい。

ちょうどいい具合に明日、後半の日程に合流する長谷川と中島の二人が枕崎から相乗りチャーター船のようなものでやってくる。そうしたらすぐその船に我々が乗ってそのまま竹島に行ってもらおう──という作戦を考えた。きわどいがなかなかいい考えであった。

なんだか何かにゆさぶられるように夜更《よふ》けに、がつんと眼がさめた。窓をあけて外を見る。昨夜と同じように輪郭のいやにはっきりした月が頭の上にあった。午前二時。

生徒たちは、小中学校を合わせても十七人。みんな楽しげで、応援のダンスも手抜きは一切なし。

島の西側の高台に生える松の木はみな不気味に立ち枯れていた。

民宿「ガジュマル」の前にあるガジュマルの大木。島の名物のひとつ。

島焼酎をのみすぎたらしく、喉《のど》が渇いていたので、民宿の玄関前にある自動販売機で冷たいムギ茶を一缶とりだし、そいつをのみながら寝静まった港内まで歩いていった。俊寛の像が月の光に輝いて見える。ぼんやりその像と、むこうの白く光る海を眺めていたら、一瞬、俊寛がとととっと前のめりに動いた。人なつっこい野良猫がぼくの足もとにすりよってくる。風はすっかりとまっており波の音はなぜかあまり聞こえなかった。

●胃カイヨウ吐血色の海を眺めながら●

錆茶《さびちゃ》、赤もしくは胃カイヨウ吐血色とでもいうのだろうか。港のどこか端のあたりから漏れ流れ出る硫黄や鉄分の混じったおどろおどろの湧出水《ゆうしゅつすい》が、そのあたりの海の色をくっきり半分にわけている。

ぎらつく太陽の下で、海の青、山の赤がせめぎあう。この島に来て以来このあたりでまったく釣り人を見ないのは、この現象で、魚が寄りついてこないからなのか、あるいは釣りなど何時《いつ》でも何処《どこ》ででも出来るから、なのか……。

真昼間、殆《ほとん》どなにも音のしないその港の、人けのない岸壁にすわって思いがけなくも、やや呆然とする。忙しかった都会の日々の雑然としたものを、まだ体のどこかに引きずってきている。

頭のうしろに手を組んで、岸壁の上に寝ころがり、贅沢《ぜいたく》な午睡《ひるね》を楽しもうと思ったのだ。思えば遠くにきたもんだが、思えばおれももう人生の午睡をすぎた頃にさしかかっているのだろうなあ、などと考えていたら、静寂すぎて眠ることができないのだ。

やむなく港のそばにある商店でビールを買ってきてぐびと飲む。

空を眺め、またぐびと飲む。海を眺めもひとつ、ぐびと飲む。

うたごころでもあれば、ここらでなにか一句……となるのだが、なにもないからしかたなく、うめー。とひとこと。

じわじわと、無音、無風のぼんやりのなかに入り込んでいく。

我々はそれぞれのやりかたで、そこで船を待っているのだ。こちらに向かって南下中の長谷川・中島両君の乗りこんだ船は、あちこちの磯場《いそば》や岩に釣り人を降ろしていくので、やってきたらすぐに乗り込まなければならない。

それとまたもうひとつ、僅《わず》か三日ばかりであったがこの島のもうすべての場所をまわってしまい、やることがなくなってしまったのである。

船は四時間ほど後にやってきた。人は七、八人ほどやっと乗れる、という程度の小さなもので、これが枕崎からやって来たなどとは思えないほどだ。

慌《あわ》ただしく乗り込み、慌ただしく出発。すぐにこの硫黄島の周辺にある、陸からまわってではとても近づき難《がた》い磯や、小さな岩を慌ただしく回り、そこここに釣り人を慌ただしく降ろしていく。

慌ただしいのは船頭とそういう所に飛び移っていく釣り人達で、我々は関係ないのだが、でもまあそういう慌ただしいのを見ているだけでなんだか慌ただしくなり、一緒に飛び降りてしまいそうになる。それにしても磯の釣り人というのは凄《すご》いもので、直径十メートルぐらいの岩のうえでひと晩中過ごすというのだ。俊寛みたいなことをすすんでやっているのである。

漸《ようや》く舳先《へさき》が竹島に向いた。全島竹で覆《おお》われたこの島は、つきでた山もなく、とにかく全体がひたすら竹だらけであるから、硫黄島に較《くら》べると見るからに優しそうなたたずまいである。

●見せかけの愛にもだえる五人の男●

周囲九・七キロ、人口百十二人。硫黄島よりさらに少ない。港の岸壁に役場の田中さんが迎えに出てくれていた。アーサーが連絡していたらしい。軽自動車を貸してくれる、という話で、これは大変有り難い。

周囲九・七キロの竹島はおおむね平坦で、その名の通り竹だらけ。
海からいきなり竹の山が生えているようだ。

とりあえず今夜は民宿泊まりだが、それはこの島のミドコロのひとつである巨大なガジュマルのちかくにあった。

「旅の宿」という宿名。納得なのである。

当然ではあったが、島の中に入ってもまわり中竹だらけである。その竹もリュウキュウチク（大名竹）という種類で、どんなに育っても直径十センチぐらいにしかならない。大名竹というのは、その昔は大名に貢《みつ》ぎ物として献上され、大名の口にしか入らなかったからだという。大名というのはそんなに竹が好きだったのか。

民宿「旅の宿」の客は我々一行（五人になったのですでにそう呼ぶべきであろう）だけであった。

すでに夕飯の時間であった。まあ初めて上陸した島である。しかも本日から、ご一行、になったのである。民宿の食堂ではありますが、ひとつここで、ご一行結成の記念酒宴など一席……などと言いつつ食堂に入っていったら驚いた。食堂のまわりをぐるりと囲んだ壁の棚に、どおおーんと銘酒が並んでいるのだ。

近頃これぞ逸品の名声高い福井の「早瀬浦」があるではないではありますまいか！（コーフンしてことば乱れてる）おっなんとなんとその隣はああた！　岩手の「月の輪」ですぞ！　あれあれあれまその下には福岡の「三井《みい》の寿《ことぶき》」が！　ちょっと待った

そこにいるのは鳥取の「鷹勇《たかいさみ》」じゃあござんせんか！　埼玉の知る人ぞ知る黄金の「神亀《しんかめ》」がああああ、あった。全国の居酒屋および、これぞ逸品銘酒といわれるものを訪ね歩いている居酒屋研究会会長の太田和彦が聞いたらすぐさまヒコーキだして飛んでくるぞ。

と、まあにわかに取り乱してしまうくらいに、そのグルリは日本中の銘酒の百花繚乱《りょうらん》なのであった。

「いやはや」

「なんとなんと」

「うぐうぐ」

などと我々は訳のわからない声を出し、喜びへの期待に身も心もふるわせて、食堂の椅子《いす》に激しくすわったのであった。

それにしても豪華な品ぞろえである。東京にもこれだけ充実した銘酒を揃《そろ》えている店はまずないだろう。それがこんな！　といっては失礼ながら人口百人程度の南の小島の、老婦人のやっている民宿に存在しているとは……。めったには味わえないだろうシアワセを目前にして、それでもまあとりあえずはビールですな、ということになった。

「おばあちゃん、それじゃあまずはちょっとだけビールをくださいな」

アーサーがたのんだ。

「はあー、ビールですか？　ビールはあることはあるんですが、一本も冷えてないんですよオ」

まことにのんびりと、ゆっくりした声でおばあちゃんがこたえる。

「ん……」

「なに、一本も……？」

やはり相当に日本酒にこだわっているところなのだ。

それならそれで異存はない。じゃあまあのっけから贅沢にもモロに銘酒の勝負といくか……ということになった。

「じゃあこの棚のお酒を下さい。そうだなあくちあけは『神亀』でいきましょうかな……」

即座にスグレモノに直行した。

しかしそのあとのおばあちゃんの答えはいわゆるひとつの「おっとっとっと」であった。

「それはねー、うちのおとーちゃんが集めて並べて眺めているだけのもので、のめな

釣り人たちを釣り場へ運ぶ船に乗せてもらい、竹島にやって来た。

実は焼酎もあったのだが、それも全て飾り物だったのだ！

台風が去った後、島の人々が総出で打ち倒された竹を片付ける。

いんですよオー。どれも見ているだけなんですよオー」

一同「……」的唖然《あぜん》顔となったのは言うまでもない。だったら食堂の棚などというまぎらわしいところに並べないでもらいたいなあ、とつかのまのぬかよろこびにへたった我々は口々に小声で悪態をついたが、そういう逆転技にいつまでもうちひしがれていてもしようがない。まあ気をとり直して、焼酎をたのんだ。しかしなんと、その焼酎も置いてないという。つまりこの民宿には、飲めるオサケはぬるいビールだけしかないのである。

やむなく店の場所を聞いて、買い出し人が派遣された。店といってもべつに店がまえがあるわけではないという。

どこかへでかけていたその家の人を待って、やっと焼酎を一本買ってきた。思いがけず貧しい宴になってしまったが、それもまた島のヨロコビと悲しみの内だ。

またその日も寝そびれてしまい、夜ふけに一人で外を少し歩いてみた。月も星あかりもない竹の間の道は色の濃い夜で、闇《やみ》に包まれる、という形容を実感として理解できる世界だった。竹林には虫が棲《す》みにくいのか、そういう小さな生き物たちの鳴き声も聞こえない。しかし静寂というわけでもなく、まわりにひろがるおびただしい数の竹どものひそかな〝吐息〟のようなものを感じる。こういうのを竹闇《たけやみ》とでもいうのだろうか。五分ほどすると闇に目が慣れてきて、手さぐりしなくても歩けるようになるが、そうしてのそのそ歩いていると、竹藪《たけやぶ》の中からナニカ竹の闇の意志みたいなものがひょいと出てきて、その中に引きこまれてしまいそうな気もする。竹林の中に連れこまれて周り中から静かにひくくタケタケ笑う声が聞こえてきたらどうしよう。硫黄島では月あかりの下でなんだかゾクッとした。離島の夜というものはどっちにしてもなにかしらコワイところがある。

●竹は三千年間何をしておったのか？●

翌日は朝から島を動き回った。改めてあっちこっち眺めて歩いたが、この島は本当にいたるところ竹である。

いずれにしても全島竹で覆われている、ということはどこからどう見ても見わたすかぎり竹だらけで、島の少し高いところから眺めると、怪奇ＳＦじゃないが、なんだか竹生物にそっくりのみこまれてしまった世界のようだ。

これだけ竹だらけだから、タケノコの季節は当然のことながらタケノコだらけになるらしい。五月下旬から六月にかけてがその季節で、そこらでいくらでもボキボキ折りとることができるらしい。

この島は随所に縄文後期の遺跡があるというから、三千年以上も前から人が住んでいたことになる。竹がその頃から生えていたのかどうかわからないが、まあ竹島というくらいだからその頃からずっと竹に覆われていたと考えていいのだろう。三千年間もこの竹はずっとこの竹でいたのだろうか。竹は竹のまま何を考えていたのだろうか――？

台風がこの島も直撃しているので、道の両端におびただしい数の竹が倒れて、どこまでいっても通せんぼ状態になっている。

もういちいち降りて引きおこしていく、ということもできなくなっている量の多さなので、かまわずバリバリとタイヤで踏んでいくことにした。バンブーバリバリロードである。

この島にきてまず見たいのは籠港《こもり》であった。そもそもぼくをこの島に魅《ひ》きつけた最初のきっかけとなった岩波の写真文庫『忘れられた島』の表紙写真がこの籠港であった。

はるか下を白波渦まく断崖《だんがい》絶壁の上にはりわたされた粗末な吊《つ》り橋の上を、背負い籠を担《かつ》いだ若い娘が列をつくって何人も上ってくる。見ているだけで目がくらくらするような一度見たら忘れられない迫力ある写真だ。

岩波写真文庫の『忘れられた島』で見て以来、忘れられなくなった籠港の断崖絶壁を見下ろす。高所恐怖症の人なら、足がすくんでしまうだろう。昔は頼りない梯子だけでここを登り下りしたとは、つくづく感心する。

キャンプ地の場所さがしも兼ねての全島めぐりだ。ところどころ竹のない場所があって、そこは放牧場となっているらしく、牛の鳴き声とその匂《にお》いがする。「のめません」という看板のある牛の水のみ場がある。

いくつかのゆるいカーブをまがると、いきなり大ぜいの人と出会ってびっくりした。大ぜいといってもざっと十人だが、この旅にきていらい十人もまとまっている大人を見たのははじめてだ。

軽トラックに竹が沢山積まれている。台風で倒れて道路をふさいでいる竹を片づけて歩いているようだ。考えてみると今日は日曜日。朝からかりだされたボランティア隊のようだった。

そこからすこし走っていったところに籠港があった。見おろす絶壁の下は、大きな衝立《ついたて》のような垂直の壁だ。港のまん中に船着き場が見える。そこに到《いた》るまで、崖《がけ》にへばりつくようにしてつくられた石段があって、ここをジグザグにおりていくようになっている。上からのぞいたそれは、まさに岩波写真文庫の表紙写真そのものであった。

そのむかし、島の人々はここに船がつくと、八貫（三十キロ）の荷を背負ってモッコ橋という三本の綱でできた吊り橋のようなものと木の梯子《はしご》をつたわって登り下りしたという。

そこを降りてみた。三百九十九段。石段の上にも竹や石、土塊《つちくれ》が散乱していた。ここを空中サーカスのようにして荷あげをした昔の状況を想像してみるが、なかなかむずかしい。石段を登って戻るときがカラ身でもひと苦労だった。むかしのヒトはとにかくエライ！

●硫黄島バクハツか!?●

オンボ崎の突端のあたりに素晴しい展望台があり、そこはキャンプ場になっていた。立派な炊事場と便所（水洗!!）があり、テント張り台とでもいうべきか、スノコ状になったテラス様のものがいくつも並んでいる。

そこから見る硫黄島がすばらしい。海から三角形の山がいきなり屹立《きつりつ》している、というかんじで、頂上からはのったりと噴煙が上がっている。噴煙はそのあたりにへばりつく雲と同化していて、全体がかたむきはじめた夕陽を背にシルエット化している。

「おおうつくしいではないか」

「おおまったく！」

「あれがいまバクハツしてもこれだけ離れていたら、オレたちはとりあえず大丈夫だな」

竹島から望む硫黄島の威容。うつくしくもあやしい風景であった。

「いまバクハツしたらすごい眺めだろうな」

「バクハツしないかなー」

「バクハツしてほしいな」

みんなでひどい話をしている。

この島にはほかにキャンプできるようなところはないらしいので、どうもあまりにも清潔で立派に管理がゆきとどいていて全体に〝青春!〟とか〝団結!〟とか〝うたごえの輪〟なんていうイメージがあるところであり、我々おじさんたちが泊るには少々恥ずかしいものがあったが、まあしかし、そこにお世話になることにした。といっても管理人など誰もいないのだが。

テントを張るととりあえず夕食の仕度の時間までやることがなくなってしまった。こういう時こそ、普段都会ではできない、ボーッとする自由な時間がある。しかしそれは昨日硫黄島で思う存分やってしまった。

しかも本日は五人もいる。五人ご一行さまなのだ。五人で退屈でいる、というのももったいない話だ。

そういうこともあろうかと思って、ぼくはさっきの籠港でひそかに拾ってきたものがあった。それはおそらく漁師が漁網の浮きにつかうものであり、非常に硬い発泡スチロールのようなものでできているテニスボール大の浮き玉である。前にもどこかでそれで遊んだことがあるのだが、バットで思いきり打つと、コーンというかわいたいい音をたてる。しかし打った当人がカックンと腰がへたるくらい殆《ほとん》ど飛ばないのだ。

運動不足のおとっつぁんたちが遊ぶのには丁度いいのである。

早速、むかしなつかしい三角ベースの熱戦を展開することになった。バットはやはり籠港でみつけてきた流木にちょうどいいのがあった。

オトコというのはいくつになっても、こういうことをはじめるとたちまち夢中になる。いつしか疲労限界日没限界までのタタカイとなっていた。

●客人は黒鯛《くろだい》を手に現われた●

長谷川・中島両君がなぜか突発的なヤル気をみせて、晩の料理を作ると言いだした。これまで随分あっちこっちでいろんなキャンプをやってきたので、まあ大体の傾向は分かっているのだが、男というのは結構料理が好きである。

とくにキャンプで焚《た》き火にフライパン、などという三点セットが目の前にあったりすると、多くの男がたちまち逆上気味になって何かやたらと作りたがる。

竹島の籠港でひと泳ぎ。しずかな明るい南の海だった。

人間の記憶のメカニズムとは不思議なものだ。三角ベースはともかく、「幽霊ランナー」というシステムを咄嗟に思い出し、エンドレスの試合が続いた。

ぼくもそのくちだ。男には大抵一、二品の得意技がある。ぼくは日頃から麺類《めんるい》いのち、の人生を貫いているのだが、それはキャンプの場でも変わらない。だから硫黄島でのアーサーの大勝軒本物ラーメン一本勝負にはつくづく感動した。

キャンプの麺料理でとりあえず無難にいけるのはヤキソバであろう。これは水がたいしていらないし、味もソースの単純勝負で結構いける。ビールにもあうので、よほどのことがないかぎり失敗は少ない。

鍋《なべ》料理の最後にうどんを入れる、というのもいい方法で、みんな心から納得してくれる。あるときやはり離れ島で結構ながい期間のキャンプをしていたとき、夜中にどうしても麺類を食いたくなってしまった。しかしおおなんてこった……。もう麺類のストックはつきていたのである。しかし麺類いのちのアホバカ人生をつらぬいている者にとって、この一度燃え上がってしまった麺麺麺ああ麺麺麺うう麺麺麺のあつき思いを鎮静化させるのは相当に難しい。なにか麺の代用となるものはないか。あちこち食料箱をかきまわしているうちに、フト白菜が目にとまった。

麺狂乱となった錯乱赤目男には白菜のあの厚みのある白い部分が、たいへん魅力的に映ったのである。あの部分をほそくながくウドンのように切っていったらなんとかなるのではあるまいか……。

さっそく挑戦した。みごと一見手打ちウドンふうになっているそれをフライパンで炒《いた》め、ソースをかけておもむろに食った。はっきりいって実に実にまずかった。悲しいほどにまずかった。

さてそれからはちょっと長期のキャンプということになると、ぼくはいかに名人のコックが随行していようとも必ず乾ウドンの一束ぐらいはひそかに隠し持っていく。

このウドンを茹《ゆ》でて、まだあつあつあちちの状態のところに、かつおぶしとすりおろした生姜《しょうが》を乗せ、醤油《しょうゆ》をすばやくかけたのを間髪をいれずハフハフ食っていってしまう、というのもなかなかに説得力のあるいい勝負なのである。が、まあ何時《いつ》までもこのようなことを書いていると、その夜の飯づくりが始まらない。

献立を聞くと、キャンプ料理の黄金の定番カレーライスであるという。釣りはフナではじまりフナできわめる、のごとくキャンプ料理もカレーライスにはじまりカレーライスできわめられる——のである。

かれらのカレーは入門カレーか、達人カレーか！

そのようなことを心配しつつ、タルケンやアーサーと目の前の硫黄島を眺めつつビールをのんでいると、ひょっこり一人の青年が現われた。片手に魚を一尾ぶらさげている。

「こんにちは、ここにいると聞いてやってきました」

青年はそういってひとなつっこい顔をして笑った。

鹿児島の生まれの二十歳。こういう島を専門に港湾の仕事をしているのだと言う。今はケーソンを海底に降ろす仕事をしていて、水中に潜っていた仲間が、かたわらを泳いできた黒鯛を見つけて捕ってきたので酒の肴《さかな》にしてください、というのである。

さっそく青年もまじえての宴会となった。

青年に島での生活を聞いた。

「生活といっても朝おきて仕事場にいって終わると帰ってきてめしをくって、それでおしまいです。とくにいくところもないし、お店もないし、だから金つかわなくていいかもしれないけど、とにかくそれだけです」

やることないから本をよく読むそうだ。それでぼくの本も読んでいたのである。えらい！

楽しみはふた月に一度鹿児島に帰るとき。鹿児島が大都会に見えるそうである。よく晴れた日にはこの島からも鹿児島が見える。なかなか帰れずにいるときはつらい風景であるという。そうだろうなあ。まあ飲めよ。

黒鯛を手に現われた青年。こいつの刺身と味噌汁は実にうまかった。(写真：椎名誠。下も)

竹島の、数少ない中学生の一人。卒業すれば、進学するにも就職するにも、島を出なければならない。

●ついに判明、娘たちの身元●

あたりはどんどん暮れていき、うーむ、などと空を眺めているといきなり世の中が明るくなった。ややや。やっなんだなんだと見回すと、おお、このキャンプ場のまわりをとりかこむようにしてライトがあって、それがいきなり点《つ》いたのだ。

この正しく清楚《せいそ》であるべき青少年むけのキャンプ場で薄暮のころから宴会をしている我々を誰かがどこかでじっと見ていて、エイヤッと照射したのであろうか？　とあわててあたりを見回すと、どうもこれはソーラー発電で蓄電され、暗くなると自動的に点くシステムになっているようであった。いやはやこのさいはての気配のする島の、しかもあたりにまったく人影のない岬のはずれで、このようなハイテク・システムにいきなり出会うとびっくりする。ひとしきり話をかわし、青年は自分の宿舎に帰っていった。

出来上がった長谷川・中島カレーは青山六本木ふうというか、なかなかの今ふう都会ふうでけっこうやるな！　という味ではあったが、どうもそれは全体にマニュアルっぽい。なにかそういうテキストのようなものを見てつくったな、という気配があった。これもいわゆるひとつの初歩のフナであろう……などとこっちはさっきから何もやらずにビールばかり飲んで好きなことを言っているのだからいい身分である。

そのカレーを食べていると、「こんばんはー」といってまたもや誰か訪ねてきた。今度は若い女性の声である。ややや、こんな夜中に若い女性が……。ついに竹のナニカ、ナニモノカが人の姿を借りて現われてきたか？　一同若干身構えていると、女二人と男が一人ソーラー・ライトの下に現われた。

島の小中学校の女先生と牧畜をやっているおじさんであった。やはり我々の噂《うわさ》を聞いてやってきたのだという。手土産にビールとおつまみ。うーむここで宴会をしているとお客さんがつぎつぎにいろんなものを持ってやってくるので儲《もう》かるではないか。ハーイ奥のテントごあんなーい、なんてそんなところ入ったりしてもしょうがないか。

ふたたびこの三人組のお客さんに島の話をいろいろ聞いた。先生はふたりとも鹿児島からの赴任だが、牧畜業をしている、まあ仮の名が牧さん――は島の生まれであるという。一時本土に出ていたが戻ってきて今の仕事をしている。

おお、それなら……ということで、例の『忘れられた島』をテントからひっぱりだしてきた。牧さんは勿論《もちろん》その本のことは知っていたが、自分では持っていなかったので見るのは久しぶりであるという。

表紙は前にも書いたように、この島の籠港の断崖《だんがい》絶壁を、重い荷をかつぎ、モッコ

昭和三十年（1955）初版の『忘れられた島』（岩波写真文庫）は、
1988年に〈復刻ワイド版〉として復刻された（写真は初版本）。
竹島・籠港の断崖絶壁をのぼる荷運びの娘たちの身元がここに来てついに判明したのだ。

橋という三本の綱で出来ているあぶなっかしいインディ・ジョーンズ好みのところをのぼってくる娘らの姿である。

その表紙の真ん中に写っている娘のキッと上を睨《にら》みつけたような顔がなかなか不敵に美しかった。いまでもアジアや南米の奥地にいくと、眼光するどくなにかの強い意志にみちたつらがまえの女性に出会うことがある。そのうしろにいる娘のはにかむような表情もなかなかいい。その足もと数十メートル下はさかまく波濤《はとう》である。

「この表紙のいちばん真ん中に写っているのは安永たよさんで、この人はいま鹿児島市内の病院に入院しています。そのうしろにいるのが私の叔母でまり子さんです」

牧さんが説明してくれた。

うーむ、早くも具体的な手掛かりを得ることができたか……。ながいことこの本の表紙を眺め、いつかきっとこの島にいくぞ、と思ったときから、もうなかば遠いむかしの恋人に会うような気持ちになっていたので、意外に素早く身元がわかってしまったのには少々拍子ぬけな気もした。

しかし鹿児島で入院というのでは折角ここまできたのに逢《あ》いにいけないではないか……。どうもこの我がひたむきの思慕はすれ違いの悲恋になっていきそうだ。

この籠港では昭和になってからふたり死んでいるそうだ。船から落ちた漁師と屋久

島の人に『忘れられた島』を見てもらう。すると意外なことに表紙の少女の身元は……。

竹島の小中学校にて。男の子は照れて顔を伏せてしまった。

島からきた酔っぱらいである。当時の写真を見るとよくふたりで済んだものだ、という思いのほうが強い。

　先生ふたりは島で暮らすことのいいところとそうでないところなどいろいろ話してくれた。学校は小中学生あわせて生徒十二名でクラスによってはマンツーマンの授業もある。

「みんな明るくて潑剌《はつらつ》としていて、そうしてすこしシャイで、目がきらきらしていていい子たちですよ」

「問題は中学を卒業して内地（大抵は鹿児島）に出ていってからでしょうね。いろんなことのギャップといちどきにぶつからねばならないですからね」

　久しぶりのいつもとは違った話相手がおもしろいのか、三人はけっこう遅くまで話しこんでいった。

●さらば！　我が懐《なつ》かしの島々●

　夜半に雨が降りだした。夕方から間断なく飲んでいたビールや焼酎《しょうちゅう》がボディブローのように効いていたらしく、いい酔いのまま眠ってしまったようだった。

　テントを叩《たた》く雨の音で夜更《よふ》けに目を覚ますというのは、けっこう好きなシチュエーションである。

入り口のジッパーをあけて外にでる。ソーラーの電燈《でんとう》は消えていた。雨が降っているから夜空からのあかりはない。従ってあたりは真の闇である。そこらにちらばっているテントから誰かのいびきがきこえる。島の夜更けはいつも自然の物音しか聞こえてこない。酔って寝たから喉《のど》が渇いている。水をのみ、小便をして再びシュラフのなかにもぐり込んだ。まだ温《ぬく》もりの残っているシュラフのなかに雨で少々冷えてきた体をもぐり込ませる時の気分というのもなかなかいい。

雨は翌朝もまだ降り続いていた。

朝食はまた長谷川・中島コンビが作ってくれた。昨夜の黒鯛のアラと長ねぎの味噌《みそ》汁《しる》である。質素ながら素材が新鮮だからなのだろう、なかなかうまい。こういう雨の日はめしをくったらまたテントの寝袋に戻ってぼんやり本でも読みながらうとうとしているのがいちばんなのだが、しかし予定ではその日また硫黄島に戻ることになっている。いやはや、雨のなかのテント撤収という一番いやな状況になってしまった。が、しかししょうがない。ずっとこのテントのなかで生きていくわけにはいかないのだ。

帰りの荷を作って、港へいく途中、学校に寄っていくことにした。折よく休憩時間であった。昨夜きてくれた先生のところにいって挨拶《あいさつ》。各クラスのこどもたちとも挨拶をした。我々を見るときちんとたちあがって「起立、れい、よろしくおねがいしまーす」と正しく挨拶する子もいてまったくこっちも緊張する。校長、教頭先生ともあった。ここでは先生も生徒も家族のようでとても人間的な温かな空気が流れている。先生と生徒と一緒に記念撮影をした。この子供たちが大きくなって、社会にでていく頃日本はどういう状態になっているのだろうか、などということを考えながら再び慌《あわ》ただしく港にむかった。

港には硫黄島からの迎えの船がもう着いていた。いまは島から島へ簡単に電話連絡ができるからこんなふうに割合気軽に船にきてもらえるが、一昔まえは連絡船でさえ何時くるのか分からなくて、ただひたすら待っているだけ、ということがよくあったらしい。

人口も少なく商店もない竹島から硫黄島に戻ると、ここには少なくとも商店が三軒もあり、ややややと思うくらいのしゃれたかんじのスナックふうの店も一軒あるから、随分都会にもどってきたような気がする。これでこのまま新宿の歌舞《かぶ》伎町《きちよう》あたりにワープしたら日頃新宿をうろついているのにそのあまりの落差に硬直しちまうかもしれない。

考えてみると、あとからきた長谷川・中島両君はこの島の港にやってきてすぐに竹島にむかってしまったので、硫黄島には初上陸なのだ。先発組の我々三人はなんとなく先輩気分で、ま、この島のことならとりあえずなんでも聞いて……というような態度になってしまう。たった三日間いただけなのだが、それでもしかしこの島のことはたいてい分かってしまった気分である。

さっそく我々が感動してキャンプしたあの《テントから十五歩温泉》に二人を連れていった。二人にはここへくる船のなかで硫黄島の絶対見どころガイドをしっかりたたきこんである。

思ったとおり二人は「おお」「なんとなんと」とその荒波前の露天風呂《ぶろ》の素晴らしさに感動している。我々先発三人組はそういうふうに驚き感動しているのを見るとなんだか嬉《うれ》しい。「いやはやこんなに凄《すご》いところとは……」「こりゃあめったに無いところですなあ！」べつに我々が凄いわけでもなんでもないのだがそのように激しく感動されると、どうしても（ま、ざっとこんなもんですわ……）などという顔つきになってしまう。

「ここは全部南むきで日あたりはもう最高！」

「うしろ側が北になるわけだから冬でも冷たい風がさえぎられるわけね」

「焚《た》き火自由！」

「港から歩いても十分」

「敷金、礼金なし」

なんだかしだいに揉《も》み手スリ手なんかしそうになっている。

昼飯の心配をしなければならないのだが、港のまえの店でカップラーメンを買ってきた。こういう発作的自炊旅にはこの器つきの簡易食品が便利である。

初体験感動二人組にさっそく温泉をおすすめする。岩でかこまれたこの百パーセント天然純朴湯はいる場所によって湯の温度が微妙に違う。したがってここでも我々先輩のこまかい体験的指導がモノをいうのである。

「まずは大風呂でからだをならしたほうがいいね」

「多少酸系統の湯だからちょっとピリピリするよ」

「とくに体に傷があったりするとピリピリピリピリだからね」

「心の傷は大丈夫ですよ」

「熱い湯がいい人はその奥の小さな五右衛門《ごえもん》風呂ふうのにはいってくださいね」

どうもいろいろと口々に煩《うるさ》い。

温泉からでるとよく冷えたビールが待っている。民宿からぬかりなくクーラーを借りてきたのだ。世の中にこれほどサービスの行き届いた温泉もないであろう。両人から五万円ずつぐらい頂きたくなってきた。

いつの間にか釣り人が現われて、その人も温泉にはいりにきた。地元の人らしい。湯あがりにビールはどうですか？　と一缶持っていったらとても喜んでいた。夕陽がどんどん傾いていくまでそのあたりにぐずぐずしていた。明日この島を出ていくので、なんだかどうにも去りがたくなっているのだ。

その日の夜は島に一軒だけあるスナック「加嫁里亜《かめれあ》」に招かれた。さっき温泉にいた釣り人がその店のオーナーであった。

店は島の若者全員集合、というかんじであった。といっても十数人である。やはり学校の先生、漁師、ダイバーなどなかなかにぎやかな顔ぶれであった。とりたての魚の刺し身が並んでいる。元気に笑いつつうまい酒をのんだ。

翌日はいい天気になった。太陽の光がとても眩《まぶ》しい。朝から沢山のトンボがとんでいる。朝日にひかるトンボの群れなんてはじめて見る光景である。民宿「ガジュマル」の玄関さきに椿《つばき》の実が沢山干してあった。

宿の大山さんの軽自動車で空港まで送ってもらった。無人の空港事務所の鍵《かぎ》を自分であけて中にはいる。迎えのチャーター便が飛んでくるまでひといき入れていると、自動車がやってきた。あれ？　我々のほかに誰か乗る人がいるのかな？　と思っていると、やってきたのは昨夜もスナックで会った二人の若い女先生だった。続いて教頭先生もやってきた。ダイバーもやってきた。次々に現われて十数人が見送ってくれることになった。出発直前になって「万歳三唱」までやってくれた。「東京へいったら一生懸命頑張って立派になって帰ってきます！」なんて言ってしまいそうで困った。

沢山大きく振られる手が島の熱い人情そのものだった。飛行機はぐんぐん高度をましていく。海がぎらぎら光っている。そのひかる海のむこうに、この数日間の島の日々が夢であったかのように、薩摩《さつま》あやし島は海霞《うみがすみ》のなかに遠のいていく。

「東京に行ったら頑張って、立派になって帰ってくるよ!」と思わず言いそうになる見送り風景。みなさん、お世話になりました。

硫黄島、港近くの夕景。のんびりとした南国風景だが、俊寛さんは今日も都を想うのか……?

●大海原のロビンソン島とクロワッサン島●ふたつの水《みん》納《な》島《じま》

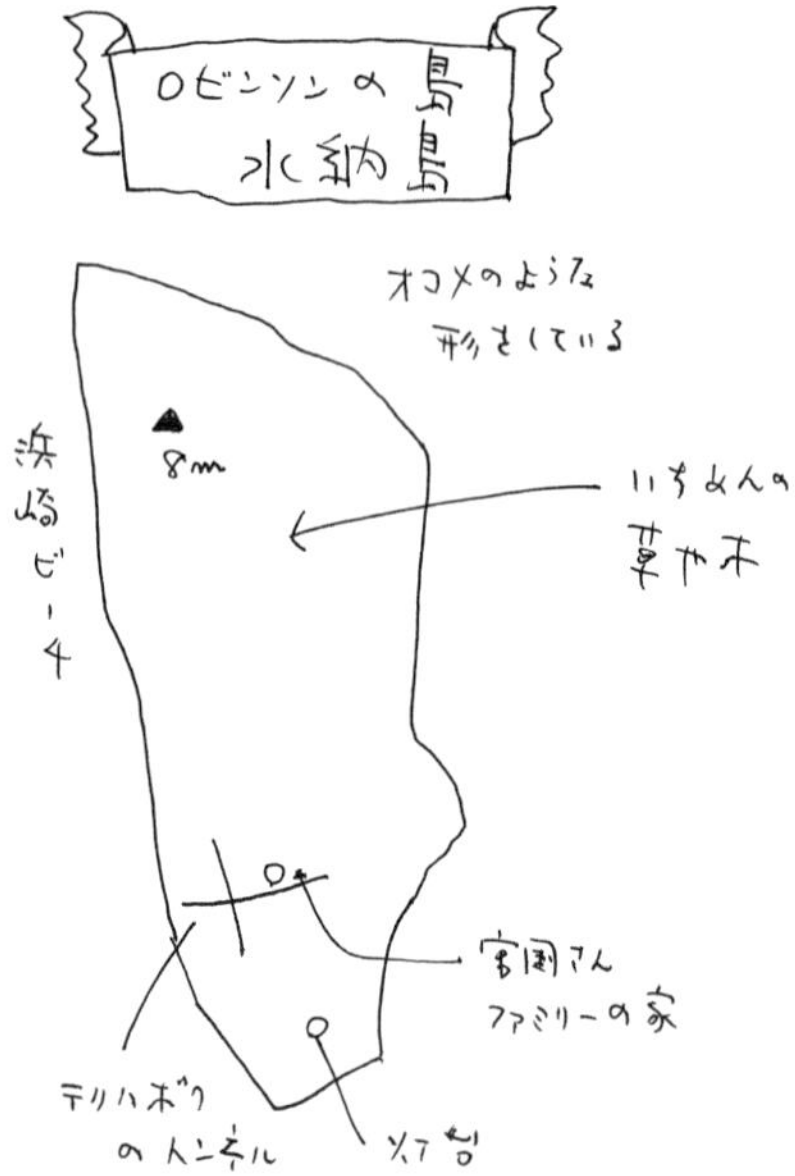

大海原のロビンソン島

●ヒト五人、ウシ百三十頭●

水納島と書いて「みんなじま」と読む。みんな大勢いるのかな、と思ったら五人しか住んでいない。しかもその五人は家族であるという。宮国《みやぐに》ファミリー。多良間島《たらま》から北方九キロの海域にポツンと浮かぶ小さな島に住む「大海原の小さな家族」を訪ねることにした。

東京からJTAで宮古島へいき、琉球《りゆうきゆう》エアコミューターに乗り換えて多良間島にいき、前泊港《まえどまり》から四・九トンの「しらはま」にのる。連絡船というものはないからこの船は民間のものだ。つまり水納島の宮国孝平《たかひら》さんに迎えにきてもらったのである。どうも申しわけない。

二十五分ほどで島に着いた。船から見ていた島はすこぶる平らである。船着場に父親の宮国岩松《いわまつ》さん（八十一歳）、四男の弘一《ひろかず》さん（四十一歳）、五男の重信さん（三十六歳）が待っていた。ぼくを迎えにきてくれた孝平さんは三男で四十三歳。孝平さんは

多良間島から船で二十五分ほど。水納島が見えてきた。

南の島にくる楽しみのひとつはモンパノキと会うことだ。

テリハボクのトンネルを抜けると、緑の空間が広がり、点々と家がある。雨があがって虹が出た。

空家の一軒を貸してもらった。電気もあるし水も出る。

結婚しているが、奥さんと二人の子供は学校の関係で宮古島に住んでいる。

　お父さんの岩松さんは、息子が船で出かけて帰ってくると、まず船に泡盛《あわもり》をまき、桟橋近くにある海の神をまつったウタキ（御嶽）に航海安全のお礼のウガン（御願）を欠かさない。

　桟橋からまっすぐ延びている道の左右から大きく覆《おお》いかぶさるようにして、鮮やかな緑の枝葉をつけた立派な樹々《きぎ》が天然のトンネルをつくっている。名を聞いたらテリハボクというそうだ。その圧倒的な樹々の呼吸、濃厚な光合成の音がきこえてくるような気がする。島のまわりをこの樹とモクマオウとフクギがとりまいていて、しっかりした防風林、防潮林の役目を果たしている。

　樹のトンネルを抜けると「おおー」と思うくらいに平坦《へいたん》で広い空間が広がっていて、点々と家がある。広場のすみに、もうなかば朽ちている鉄棒があった。昔ここにもっと大勢の人が住んでいたときの学校の名残なのだ。戦後すぐの頃はこの島に二百八十人も住んでいたという。

　まずは宮国さんのお宅にお邪魔して島の話を伺うことにした。奥さんのマツさん（七十六歳）がお茶をもって登場。はやくもこれでこの島の住人全員と会えた。

岩松さんはすぐに「来島者名簿」をひっぱりだしてきた。昭和五十三年（一九七八）

に島に突然新婚さんがきて、それをきっかけに来島者はずっと記録するようになったという。現在十冊目になっており、岩松さんのタカラモノのひとつである。なかを開くとさまざまな人がさまざまな用でやってきている。ちょっとした独立王国の「入国記録帳」のようでもある。偶然立ち寄った人もいるようだ。漂着者はまだいないという。犯罪者もしくは逃亡者ふうはいませんでしたか？　と聞いたら「いなかったなあ」という返事。犯罪者は自分で犯罪者とは名のらないだろうからなあ。

家の前にひときわ立派なユウナの木が繁《しげ》っている。その下にフランス鴨《がも》が五羽。島にどんな生き物がいるのか聞いた。いちばん多いのは山羊《やぎ》で約二百頭。野生のものだという。牧畜の牛が百三十頭。ノラ猫が推定二十匹。鳩《はと》、ヤシガニ、こうもり、オカヤドカリ沢山。犬とハブはいない。

●緑濃い島の中はまるでヨーロッパ気分●

「まあとりあえずのんびりしていって下さい」。岩松さんのありがたいおことばをいただき、宿舎として使っていいという一戸建ての家に案内された。ときおりやってくる客のために、空き家になった親類の家を開放しているのだ。電気、ガス、水道、シャワーつきの六畳二間である。野宿を覚悟してきたが、にわかに別荘気分になってし

水納島に住んでいるのは写真の五人だけ。
お父さんの宮国岩松さん、お母さんのマツさんに、
三男孝平さん（向かって右から二人目）、四男弘一さん（左端）、五男重信さん（右端）。

岩松さんは毎日、三輪自転車で自宅近くの畑に出る。「今日は五時まで」と決めたら、必ずその時間まで働き通すという。

海の神を祀った御嶽(うたき)への礼拝は欠かせない。

まった。

電気は平成元年（一九八九）に多良間島からの海底ケーブルが通りまったく問題がなくなった。それまでは自家発電のために一日十八時間（朝六時から二十四時まで）しか使えなかった。水は雨をためて濾過《ろか》して使っている。その家のそばに自動販売機があったのでびっくりした。しかしよく見ると壊れているようだ。それにしても壊れるまではどのように使っていたのだろうか。なんだか気になるのだ。

その日は雨模様で、屋根にたまった水が家の横にある巨大なコンクリート水槽の中にどんどん入っていくのがよくわかった。たまれたまれ、たくさんたまれ……などと雨をみながら思う。

ひと息ついてから島をひととおり観《み》て回ることにした。あたりには緑の草と木立のかたまりがひろがっている。平坦な島だから不思議にとてもゆったりした緑の空間で、その間を白い砂の道がうねって走る。遠くに牛の一群。人の気配を察知してかゆっくり移動していく山羊の群れ。あたりでたえず鳥の鳴き声がする。ここが日本の南の小さな島なのだろうか。なんだかヨーロッパの森の道を散歩しているような気分でもある。

島の中に入ってしまうと海がまったく見えなくなってしまうからのようだ。島をぐるりととり囲むテリハボクなどの防風、防潮林は、長い時間をかけて育てられた。つまりそれだけ、海が荒れたとき、この小さな島はとてつもない脅威にさらされてきたのだろう。錆《さ》びたというより朽ちて腐っているようなタンクローリー車が濃い緑の中でひとり風景をよごしている。ずっと以前この島のなにかの工事で使われたものが、そのまま放置してあるのだろう。

島のほとんどは牧草地として使われている。

海岸に出た。厚みのある白い砂浜が広がり、そこに大きなモンパノキがならんでいる。

南の島にくる楽しみのひとつはこのモンパノキと会うことだが、こんなに見事に大きなモンパノキが並んでいるのを見るのは初めてだ。なんだか静かな感動が走る。

人の手があまり触れていないむき出しの自然の浜を見るのは気持ちがいい。ずっとむかし、日本の南海の島々の海岸はみんなこんなふうだったのだろうな、と思わせる説得力のある風景だ。

漂着物がところどころにまとめて打ち寄せられている。ペットボトルにハングル文字のラベルが見える。椰子《やし》の実もあちこちに転がっている。なんと海亀《うみがめ》が産卵しに上陸してきた跡がある。海から上がって帰っていったタートルトラックが真新しい。

波もない。風もとまった。ビールは一本だけ。夕陽だけがじわじわ動いていく。

●魚はいくらでも獲《と》れる●

午後から、三兄弟による追い込み漁をみせてもらった。想像したのと違って、いたってあっさりしたもので、なんだかそれが妙に懐《なつ》かしい。リーフの中の腰から下、せいぜい膝《ひざ》ぐらいの浅いところを三人はただもうざばざばと並んで歩いていく。やがて網をもった二人がゆっくり離れていき、頃合いをみてひとりがその網の真ん中にむかってさらにざばざば進んでいく。そのあいだにいつのまにか網を持った二人がそれをU字型にしている。その中に魚を追い込んでいく。だれが合図をするわけでもなく静かに整然とその一連の作業が繰り返して行われる。兄弟のあうんの呼吸というやつだろう。

夜。一家の夕食に呼ばれた。テーブルの上に昼間の獲物の刺し身とマース（塩）煮が並んでいる。泡盛をのみながら、岩松さんと奥さん、三兄弟の話を聞いた。岩松さんはこの島の生まれである。台湾で素潜り漁をしていたが戦争で召集兵に。戻ってきた島で一頭の牛から牧畜業をはじめ、今の規模にまで育てた。子供は男ばかり五人。長男は多良間島で郵便局長、次男は宮古島で大工の棟梁《とうりょう》。結局三男の孝平さんが父の意志を継いで島に戻った。

兄弟三人が網を持って海に入り、何回か魚を追い込んだ。ほんの三十分ほどで食べきれないぐらい魚が捕れる。

この夜は我々を歓迎してオトーリが回された。オトーリとは、宮古地方に伝わる酒飲み儀礼で、全員が何回も泡盛のグラスを干すことになる。兄弟三人は、さすがにお酒が強かった。

砂の島だから農業は適さない。漁業は海が荒れるとなにもできない。結局牧畜が一番安定しているということなのですよ、と孝平さんは話す。

しかしその牧畜も大変である。餌《えさ》は一日二回。牧草だけでは栄養バランスがとれないのでトウモロコシなどの穀物をあたえる。しかも一日たりとも休めない。一キロ太らせるのに穀物七キロがいる。八〜九カ月でセリにだす。血統書つきで一頭四十万〜五十万円の値がつく。昔はセリのある多良間島までドラム缶でつくった筏《いかだ》で長時間かけて運んだこともあるという。牛があばれてひっくり返りそうになったこともあるそうだ。今は自家用船「しらはま」で安全に連れていける。

兄弟三人で和牛の生産組合をつくっている。いまのところ宮古地区では売り上げトップである。

未婚の四男五男の休日の過ごし方を聞いた。やっぱり刺激のない島の生活はときおりの発散が必要で、仕事を終えた夕方、兄弟で宮古島に船で渡り、翌日の待ち合わせ時間を決めておき、それぞれ別々に宮古の飲み屋街に消えるという。

●なんでも自分たちでやる「ロビンソン一家」●

島で暮らしていくのにまずいちばんに求められるのは、なんでもできること。三人

台風で打ち上げられたのだろうか、エダサンゴが丸ごと浜に立っていた。
中では小さな魚が干からびていた。

とも普通、大型特殊、船舶一級の免許、大工、溶接、左官などの基礎技術をもっている。五男の重信さんは牛の人工授精の技術を学び、資格をとった。兄弟の育てる牛の優秀性には、その技術も大きく貢献しているようだ。

岩松さんはゴーヤー（ニガウリ）、紅芋、カンダバー（芋の葉）、ニラ、キャベツ、パパイヤなどを育てている。大敵は山羊である。荒らされないように二重の柵《さく》でかこんだ畑だ。

島には桟橋のところとは別に、立派なウタキ（御嶽）がある。この掃除はマツさんの仕事だ。

年に一度、このウタキのまえで家族だけの祭り（豊年祭）がおこなわれる。

予想はしていたがやっぱり「ロビンソン一家」の気配が濃厚だ。孝平さんが三線《サンシン》をひく。「生まれ島愛《かな》さ」。父親岩松さんも兄弟が多かったが、その長兄がつくった水納島の歌であった。哀調をおびた酔い歌のなかで静かな夜が更《ふ》けていく。

島には二泊した。あいにく雨模様の日であったが、二日目の夕方近く、にわかに雲が切れて太陽がでてきた。あたりの風景がいきなり光りだした。ずっと雨に濡《ぬ》れていたのでその輝く風景は息をのむほどに美しかった。

なんだか動転するような気分で海べりにいそいだ。まだ島にきて一度も太陽の下の海を見ていなかったのだ。

見渡すかぎり、人の姿はおろか、遠くをいく船のかげもない。雨あがりの、動きの早い雲が流れていく。こんなにしずかで美しい風景を見るのは何年ぶりであろうか。

クロワッサン島

●ふたつ目の水納島は〝クロワッサン島〟●

沖縄本島近くにまったく同じ字を書くもうひとつの水納島があるということを知った。それではその島にもいかねばなるまい！　誰に頼まれたわけでもないがそう思った。

ふたつめの水納島に行ったのは九月十五日であった。

誰が言いだしたか別名「クロワッサンアイランド」。行けばわかるが島の形がまったくクロワッサンなのだ。『シマダス』最新版には人口六十一人とでている。

那覇からおなじみ南方写真師タルケン（垂見健吾）の運転するクルマで連絡船の出る渡久地《とぐち》港にむかった。担当編集者の今泉と中島含めて一行四名である。

沖縄はまだまったくの夏であった。道路は熱風百パーセントであった。道のところどころでアイスキャンデーらしきものを売っている。タルケンに聞くと「あれはアイスクリンである」という。土佐の高知でも同じものを売っている。暑いときに大変う

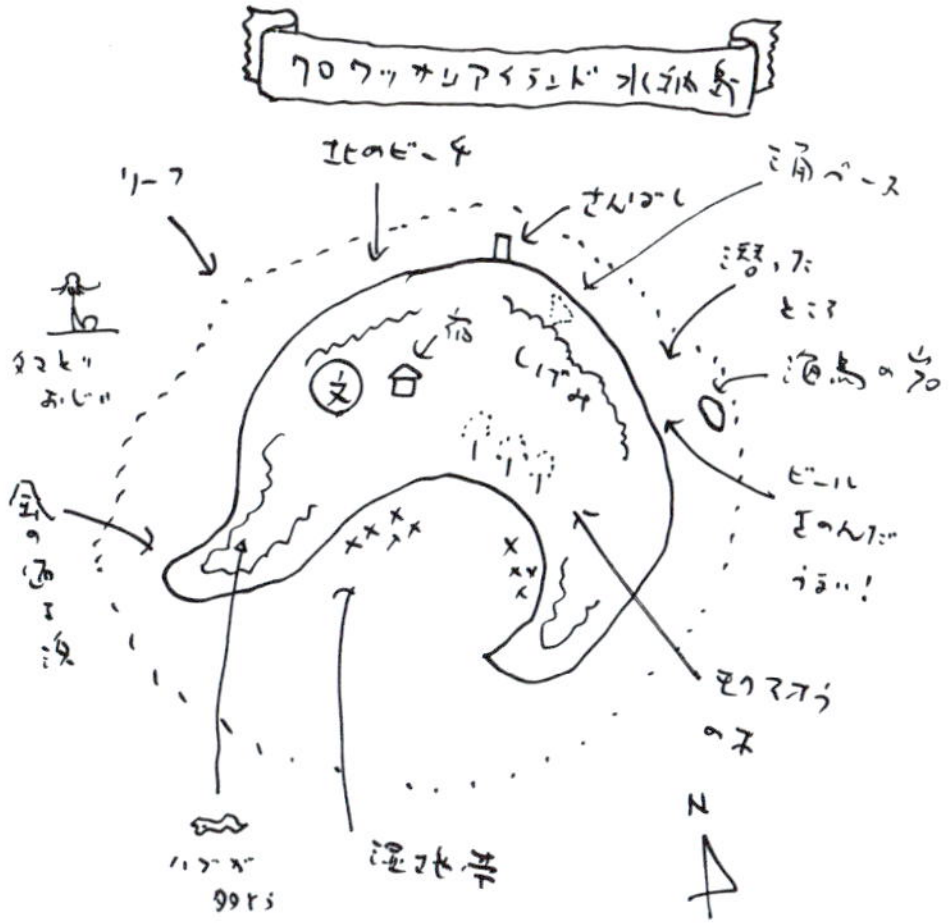

空から見ると、まさにクロワッサン形なのだ。(写真提供：本部町)

まいのである。これだけの熱風の中だ。黙って通りすぎるわけにはいかない。オジサンよりもオネーサンの売っているアイスクリンの方がいいな。

名護市役所前の道路端でアルバイトの女子高生からそいつを買った。一ケ百五十円。一日大体百個ぐらい売れるそうだ。

島に渡ってしまうと昼飯を食えなくなる可能性もあるので港の近くでなにか食っていくことにした。タルケンの知っている「さしみ亭」に行った。

ぼくは刺し身定食千二百円。タルケンはカツオ丼六百円。「うーむそうかそんなものがあったのかあ！」。あわてて単品でカツオの刺し身六百円をたのんだ。沖縄ではカツオのことをカチューという。このあたり昔からカチューのイキのいいのがあがるらしい。このカツオの刺し身の一切れがでっかい。都会のケチな居酒屋ではこのくらいの一切れを薄く切ってそれで一人前で出したりしそうだ。

カツオ丼はカチューを甘辛く煮たものがご飯の上に乗っている。初めて見るドンブリであった。「うめい！　うめい！　これがたまらんのよォー」タルケンが本当にうまそうに叫ぶので少し奪った。いやはやまいりました。

満腹して船に乗った。驚いたことに船は派手な恰好《かっこう》をした海水浴客でいっぱいである。どうやらこっちの水納島は一大レジャー島らしい。まだまるっきり夏の恰好をした露出過度のカップルが沢山いるではないか。たいしてこの島の実態を調べずにきてしまったが、フト不安がよぎる。わざわざ東京からカップル大集団のイチャイチャキャアキャアの群れを見に来た、ということになってしまうのではつくづく悲しいではないか。

十五分程で島についてしまった。ということは関東の初島みたいなものなのか。さらに不安がよぎる。みるからに小さな島である。

堤防の横に海水浴場があり、光と水がはじけている。ざっと五百人ぐらいの人々が白いビーチの大集団となっている。賑《にぎ》やかな嬌声《きようせい》が風に乗って聞こえてくる。いつか見た懐かしい海水浴場の風景がそこにあった。

その島での我々の宿「コーラルリーフ」の主人、湧川祥《わくがわやすし》さんが軽バンで迎えに来ていた。まだ若い。沖縄ふうのきりりとした顔だち。なんとなく『巨人の星』の星飛雄馬を思い出す。

「すごいねえ。いつもこんなに人がいるんですか？」

タルケンが聞くと、

「でも夕方にはだれも居なくなります」

と、きっぱりした返事。海で遊ぶ人々はみんな日帰りなので、夜は静かになるという。

港近くのビーチは、懐かしい海水浴場の風景。

本島の渡久地港から高速船「みんな」で十五分。
ぞろぞろぞろと派手な恰好の海水浴客が降りてくる。

島に着いたらまず、あちこち歩く。夕陽の見える海岸には誰もいなかった。

●おーい、ハブに気をつけるんだぞ●

宿に荷をおろし、暑さをしのぐ島の人ふうの服に着替えて、まずはひととおり島のあちこちを見て回ることにした。といってもたいしたアチコチはないですよ、と湧川さん。

「でもってけっこうハブがいますから藪《やぶ》のなかは注意してください」。はい。注意します注意します。

まずクロワッサンの「谷」にあたるところへ行った。クルマで三分。岸辺は湿地になっていて、海も浅いという。写真などで見るほどきれいではないが、さっきの海水浴場と違って無人である。まだ夏の空の下、けだるい南島の午後――そのものである。

いいぞいいぞ。こういう風景が好きなのだ。続いて夕陽の見える海岸にむかった。ブッシュのなかに入っていく。すると人の姿があった。女一名を含む三人の学生ふうである。

「おーい旅のあんちゃんらよ。ハブに気をつけるんだぞ。このへんいっぱいいるんだかんな！」

島のおじいのふりをしてそう言った。

「あっ。シーナさんだ！」

旅ではこういうことがよくある。

三人は琉球大学の学生であった。研究のためにしょっちゅうこの島に来ているのだという。我々よりはるかに島のことにくわしそうだった。

次に風の吹いてくる南のビーチにいくと、そこは大きな海岸で、目がくらくらするほど白い砂に青い海原が広がっている素晴らしいところだった。かすかに波の音しか聞こえない。ビーチパラソルがひとつ。そのかたわらに全身チョコレート色をした娘が一人立っている。

ん？

波うちぎわに網がころがっていてその中には獲《と》りたてのシャコ貝が沢山入っている。

「知りあいの海んちゅ（漁師）にみなさんの今夜の酒のおかずたのんでおいたんです」

と、湧川さん。

「いやだ。わたし海んちゅじゃないです。セールスウーマンです」

ん？

あとでわかったのだが、この二人は婚約しており、もうしばらくしたら島で一緒に

「巨人の星」の星飛雄馬を彷彿させる、きりりとした顔立ちの宿の主人、湧川さん。

彼こそは我々から「ミイラ」と命名された平田哲兵君。

「潜るセールスウーマン」の都留さんが、シャコ貝を獲ってくれた。

島でいちばんピカピカの宿、「コーラルリーフ」。

南の浜から海に入った。石垣島の白保の海によく似ていた。

暮らすことになっている。チョコレート色の女性は都留《つる》和恵さん。京都の生まれで、今は名護市で事務機器会社の営業部にいる。

彼女が我々の酒の肴《さかな》に獲ってくれていたのはヒレジャコであった。

みんなで泳いでその海の中を見にいった。沖あい三百メートルほどの海底に沢山のサンゴがひろがっていた。石垣島の白保《しらほ》のサンゴの海に似ている。しかしこのところここらの海域は海水の温度があがりすぎていて、サンゴの白化《はっか》現象がひどくすすんでいてどうもむごたらしい。

ひとしきり泳いでビーチに戻るとさっき会った学生のひとりがそこにいた。

連れの二人は帰ったが彼だけ予定を変更して今夜泊まっていくことにしたのだという。

「学校では何してんの?」とタルケンが聞く。畜産の勉強をしていて、将来ヒージャー(山羊)の有効利用の研究をしたい、というのだ。エライではないか。平田哲兵君。しかしこのやがてヒージャー研究家となる彼はよくそれで息をして動いているなあ、と心配になるくらいガリガリに痩《や》せているので、やがて我々にミイラというわかりやすいあだ名をつけられた。たちまち、おーいミイラー! と呼ばれると「はい」と答えるようになった。

ツルさんとミイラをまじえて、湧川さんを囲み、浜でこの島の昔の話を聞いた。といっても湧川さんもまだ若いから湧川さんが島のおじいなどから聞いた話である。

それによるとここでは千年以上前の貝塚が発見されているので古代人が住んでいたらしい。しかし近代の島の開拓の歴史は浅く、それこそ湧川さんのおじいさんのあたりの世代から移住がはじまったようだ。

すぐ近くにある瀬底《せそこ》島住民の次男、三男など、土地を持てない男たちが最初に移住してきたらしい。それまではまったくの無人島であったのだ。そのころの無人島開拓の話をぜひ聞きたいところであったが、今ではもう知る人もいないようだった。

昭和五十六年（一九八一）に水納島研究会の作成した資料によると、昭和二十年（一九四五）に戸数二十二戸、人口百二十余人であったが、太平洋戦争の厳しさが増し、米軍の沖縄上陸必至となって退避命令がだされ、住民の大半が再び瀬底島に移住させられた。その後も離村する人が続いて今では人口五十人前後になってしまった、と湧川さんはいう。

夕方になってから、さっき船で入ってきた港にいってみると、なるほど、ほんの数時間前にあれほど大勢の人がわあわあきゃあきゃあやっていたのがまるで幻ではないかと思えるほど人っ子一人いない無人の海になっていた。

「なんとなんと……」

そんなことを呟《つぶや》きつつ浜を歩いているとまったく誰もいないわけではなく、ビーチの休憩所のあたりに何人かヒトの姿があった。ビーチで働く人達が片付け仕事をしているようだ。島の集落に続く道はしんとしたままだ。

老人がひとり、道をほうきで掃いている。

それにしても極端な昼と夜の顔をもつ島である。

その日、島に泊まるのは我々とツルさんとミイラだけのようだった。

●おれいつかシーナさん乗り越えますからね●

夜、例のシャコ貝でイッパイやっていると「あっ、ほんとうだ。やっぱりいた！」とでっかい声で叫びながら一人の若者が飛び込んできた。

「シーナさんじゃないですか。やっぱり本当なんだ。おれ、すっげー嬉《うれ》しいすよ」

パナマ帽のような白い帽子を目深《まぶか》にかぶった少年と青年の中間ぐらいの若者であった。

「うれしいっすよ。おれシーナさんの本とマンガの本だけは読むんですよ。お父《とう》に影響されてね。だからここであえたのはすげーうれしいっすよ。だからイッパイのみま

昼間、海水浴場のビーチボーイとして労働するK君。

沖縄名物・オリオンビールをグビグビすると……。

……やがて眠たくなってしまいました。

しょう」。言うがはやいかもう泡盛をくいとのんだ。すでに今までどこかで飲んでいたらしい。

なかなかのみっぷりがいい。左手に煙草《たばこ》。

「ところでいくつなの？」

「おれっすか？　十六と十七のあいだです」

十六・五ということらしい。

「K君はね、今年の五月に所持金千円にぎりしめてこの島にきたのよ」

食事の支度をしてくれている湧川さんの姉、順子さんが説明してくれる。

「島にきてビーチで暴れたのが四回。裸踊りは二回。強いので有名なマリン（米兵）とも喧嘩《けんか》をしたことがある。まったくどうしようもない子供だったけれど、でも本当は気持ちがやさしい子なのよ。だから今では皆に可愛《かわい》がられています」

早速一緒にシャコ貝をつつき、泡盛をのみつつ、彼の十六・五年の波瀾《はらん》に満ちた〝人生〟の話をきく。

生まれは四国。小学校の時に十万円カッパらって警察の厄介になる。中学は卒業したけれど高校は入学式と始業式の二日間行っただけ。辰吉《たつよし》にあこがれて大阪にでてボクシングを習う。西成《にしなり》、神戸、福岡、東京（山谷《さんや》）を放浪。酒、女、ケンカ、シャブの毎日だったと（本人は）言う。

いつまでたっても帽子を脱がないのは毛抜きで抜いたソリコミがはいっているからであった。今になってみると恥ずかしいという。

腕に根性焼きのあとがいくつか。初めて見るのでよく見せてもらう。

「おれ、シーナさんにあえてスゲーうれしいっすよ」。K君はさらにぐいぐいと飲む。

この島ではビーチハウスの親方が彼をひろってくれた。二カ月間タダで働いたら寝るところと飯とビールを保証する。それでK君は五、六月とタダで働いた。親方はK君の仕事ぶりを認め、まったくのタダではなく二万円くれ、八月からは本採用になった。

「シーナさん注意してくださいよ。おれいつかシーナさん乗り越えますからね。小説書きますからね。うしろからケリいれますからね」

まったく騒々しいながらも面白い少年であった。思ったことをそのままいうので気持ちがいいのである。やがてまた別の人が三人ほど訪ねてきた。島の夜というのはまあ大抵こんなふうにいろんな人がやってきていろんなハプニングがあって夜が更《ふ》けていくのである。

ツルさんもミイラも酔ってきた。さらにアツイ夜が更けていく。

●早朝のただならぬ音はなんなのだ⁉●

翌日早朝、ただならぬ音で目が覚めた。

でっかいボリュームで「ねこふんじゃった」の音楽が鳴り響いている。

「なんだなんだ⁉」

そのけたたましい音楽のあいだにリュウキュウクマゼミのシャーシャーいう音がまわり中に聞こえている。

続いて音楽は「おさるのかごや」になった。

「なんだなんだ！」

昨夜あのK君乱入によってみんな寝不足になっているから、この早朝の訳のわからないけたたましい音楽の連続攻撃にみんな布団《ふとん》の上で悶絶《もんぜつ》している。十数分後、ついにみんな起きてしまった。

湧川さんに聞くと、音楽の発信源はすぐ近くの小中学校であった。もうじき島の運動会が行われるのでその景気づけに鳴らしているらしい。うーむ。

しかし、おかげでみんな揃《そろ》っての朝食となった。でかボリュームの「森の水車」を聞きながらポーク玉子（塩ジャケ付き）定食を食べる。このポークランチョンミート

水納小中学校のみんな。全校生徒九人だった。

こいつも
朝からうるさかった。
リュウキュウクマゼミ。

授業中、ちょっとごめんね、写真を一枚。

は沖縄の県民食なのである。

ぼくの隣で寝不足のミイラ哲兵がもそもそごはんを口にはこんでいる。

「ミイラ、沢山食っておけよ」

と言っているタルケンも眠そうだ。

朝食後、皆でその小中学校に行った。丁度授業中だったが、校長先生が出てきて親切に応対してくれた。

全校生徒九人。もっとも沢山生徒がいたのは昭和三十六年（一九六二）の四十四人。来年は新入生がいないという。運動会は十月にやるが生徒数がすくないので島の人総出になるという。

間もなく授業が終わって生徒が教室から出てきた。みんないかにも南の「島っ子」のいい表情をしている。こういう学校では先生も生徒も友達みたいなつきあいをしているようで、見ていて気持ちがいい。

その足でまたビーチに出た。今日の海の様子を見るためである。

●ご飯屋さんもコンビニもあらへんよ●

その日も空はよく晴れ、あたりの木立からはリュウキュウクマゼミのシャーシャー鳴く声が、セミシャワーとなって間断なく降り注いでいる。民宿の庭のテーブルでその日の昼が締め切りの原稿を書いていると、通りから声をかけられた。海水浴客のカップルのようだ。二人とも水着のままのハダカ同然の恰好《かっこう》で、もつれるようにして歩いている。

「おっちゃーん、この辺にご飯屋さんあらへんかあ？」

モロに関西弁である。どうやらぼくは民宿のおじさんに間違えられたようだ。海水浴にきた関西系のそのカップルは、村の中を水着のままからまりあって歩いているという見るからに暑苦しいオオバカモノだ。

お昼ご飯を食べるために村のなかにさまよいこんできたらしい。しかし常識的に考えてこんな人家がマバラな集落にご飯屋さんがあるわけないではないか。

「ご飯屋さんはあらへんよ」

ぼくはすっかり関西系の民宿のおじさんと化して答えた。

「こっちの海の方に行ってもスーパーとかコンビニとかあらへんの？」

こんどは女の方が言う。そっちはハブが沢山いる。よっぽどそっちの方にはおいしいスパゲッティやカレーを出すいい店があるよ、と言ってしまおうかと思ったが、二人はビーチサンダルである。ほんとにハブに嚙《か》まれたらかわいそうなので、そっちの海の方に行っても何にもあらへんよ、と教えてやった。二人はつまらなそうにやっぱりもつれるようにして海の方に戻っていった。

そろそろタルケンの相棒の嘉手川《かてがわ》（通称マルガク君）がやってくる時間だ。原稿を手早くまとめ、みんなでまた海に行った。東海岸は昨日と同じように大勢の海水浴客で賑《にぎ》わっている。朝一、二便の船でやって来て夕方の便で帰っていく日帰り海水浴客は、たしかに毎日けっこう沢山やって来るのだ。

桟橋からは向かい側の伊江島がよく見える。その真ん中に特徴のある城山《ぐすくやま》（タッチュー）がまるでおもちゃのチョモランマのようにびゅんと空に向かってそびえている。高さはたいしたことないが、平らな島にただ一つその山だけがつっ立っているので、遠くから見るとじつに特徴的な風景になっている。

まもなく船がやってきた。またもや大勢の観光客が乗っている。その中にマルガク君が相撲取りのように大きな体をゆさゆさ左右に揺すりながら降りてきた。那覇に住むマルガク君は我々に合流し、沖縄のチャンプルー料理を作ってくれることになっている。

これでミイラ哲兵君をいれて顔ぶれが六人揃ったので、海岸で三角ベース野球をやることにした。

スコーン！　コッキーン！　真っ青な海に入るとアウト。二試合とも打撃戦でした。

●熱闘！　三角ベースボール。熱食！　大盛りカレー●

これは近頃ぼくがたいへんに凝っているものなのだが、タマは漁で使う網の浮き玉を使う。硬く引き締まった材質で、これで野球をやるとたいへんおもしろいということを発見したのだ。一番最初に見つけたのは、やはりこの島旅シリーズで行った吐噶《とか》喇《ら》列島の宝島だった。ある海岸で偶然拾ったその浮き玉をそこらにある流木で打ったら、コキンというまことにいい音で飛ぶ。

金属バットで硬球を打ったような乾いたカットビ音である。

打っても滞空時間が長いので、少ない人数の守備でもなんとかなる。早速海辺の旅にはこのボールを持ってゆき、六人揃うと三角ベース野球をやるようになった。

しかし問題はそのボールが一個しかなかったことである。どこかとんでもない所に打ち込んで無くしてしまったらアウトだ。そこでこれまで大事に大事に使ってきた。

ところがこのあいだもう一つの水納島に行ったとき、そのボールが沢山海岸に打ち上げられているのを発見したのだ。ぼくは喜びいさんで十個ほどバッグに入れて持ち帰った。

そのうちの二個をこの島に持ってきたのである。

さっそく三人ずつに分かれて試合が始まった。シーナ・中島・タルケン組対マルガク君・今泉・ミイラ哲兵組である。

バットは休憩所の下に落ちていた角材を使った。角材だからボールを平らなところで打たないとうまく飛ばない。それはそれで「まる対しかく」という具合でやっぱり面白いのである。

風がホームからセンターに向かって流れている。センター方向は海だ。だからあまり激しく打って海にまで飛んでしまうとアウトということにした。

みんながおもしろいようにバカスカ打つ打撃戦が始まった。マルガク君は左利《き》きである。そして四回の表、マルガク君は思い切りそのボールを右側の浜べの奥の深い草の繁《しげ》みに打ち込んだ。刺《とげ》がびっしり生えているリュウゼツランがそこには至るところ繁っていて、しかも湿っていてハブもたっぷりいそうなとんでもない所である。

大事なボールだから、ひるまずにそこに入ろうと思った。けれどリュウゼツランはあくまでも頑強に密生しており、ニンゲンを寄せつけない。粘ってあちこちつついたりしたが、どうにもできない。ボールはまだもう一個あるのであきらめることにした。

戦いは再開された。しかし五回の裏にミイラ哲兵がひっくり返ってしまった。骨と皮の哲兵は、ほんとによくあれで体が動くなと思うようなぎくしゃくフォームでピッ

灼熱の太陽の下で
大盛りカレーが燦然と輝く。

暑さでエースのミイラ君がダウン。試合を
中断して水分を補給。

こちらは宿の朝ごはん。沖縄ではとてもポピュ
ラーなポーク玉子に塩ジャケが付いた定食。

ビーチ野球の後はビーチカレー。うまい！

ビールぐびぐびカレーがしがし目の前には南海の青い海が広がり
空にはくっきりとした形のいい雲がぐいんぐいいんと……。

チャーをやっていたが、やはり彼にとっては限界に近い試練であったらしい。ついに本当にノックアウトされてしまったのだった。

休憩所の木陰の下にひっくり返ったミイラはぜいぜいと荒い息をついている。どうも軽い熱中症の様子である。最初は冗談まじりかと思っていたが、次第に本当に苦しがっていることがわかり我々はいささか慌《あわ》てた。水をタオルにふくませたものを彼の額や胸に当て、充分に水分をあたえてなんとかミイラの復活を試みた。

そのようなわけで試合は五回で終わってしまったが、すでに勝敗は成立していた。二十八対十六という大変にぎやかなスコアで我がシーナ組が勝利した。

なんだか急速にハラが減ってきた。今朝がたのクニャクニャカップルではないけれど、どこかにご飯屋さんはないのだろうか。聞いてみるとK君がやっているビーチサービスの休憩所では軽食があるという。カレーライスが食いたいと誰もが言いだした。そこで買い出し部隊がスバヤクそこに向かった。

しばらくすると今泉とマルガク君が大きな皿に盛ったカレーを六つ持って戻ってきた。灼熱《しゃくねつ》の太陽の下で白いご飯と黄色いカレー（大盛り）の取り合わせがなかなか美しい。ビーチ野球の後はビーチカレーの饗宴《きょうえん》となった。カレーの匂《にお》いが気付け薬になったのか、ミイラ哲兵はようやくなんとか息を吹き返した。

クーラーボックスの中にはオリオンビールと本部《もとぶ》町で仕入れたイキのいいカツオが何本か放りこんである。水納島には漁師はおらず漁港もないので周囲を海に囲まれているとはいえ魚は手に入らない。そこでマルガク君にまず本部でカツオを仕入れてから水納島に来るようにと言っておいたのだ。

ビールぐびぐびカレーがしがし目の前には南海の青い海が広がり空にはくっきりとした形のいい雲がぐいんぐいいんと流れていく。これほどのうまい昼メシも人生のなかでそう多くはないだろう。

大盛りカレーを食べるとややぐったりしてきた。そこで今はもう使われていない海岸の海難見張り台の上で風に吹かれしばらくうとうとする。

●ヒレジャコ獲《と》って大饗宴なのだ●

その日の午後、本部町から漁師の具志堅《ぐしけん》勝文さんが漁船でやってきた。昨日のうちに頼んでおいたのだ。その船に乗って水納島をひと周りしてみようというわけである。素早く身支度を整え船に飛び乗った。

湾の外に出ると思いのほか波が高かった。島の周囲の波というのは潮流によって、風によってかなり細かく変化する。サンゴの間の水路を通って大きく迂回《うかい》しながら昨

みんなで獲ったヒレジャコは、その夜のご馳走になりました。

水納島を漁船に乗ってひと回り。

これで今回、何度目のカチューだろうか……。

いいんだよなあ。
カチュー(カツオ)よ今夜もありがとう。

大饗宴はどーんと続く。

バーベキューもお忘れなく。

日ヒレジャコ獲りをした場所にまず向かった。今日は沖から海に入っていくので昨日よりははるかにサンゴの量が多い。けれどそこもかなり白化現象が進んでいた。サンゴの花畑のなかに白いサンゴが点在している風景はなんとも痛々しい。

解禁したばかりのヒレジャコ獲りは面白い。全員にわか海んちゅとなっていろんな貝を獲ってくる。途中でぼくはなんだか眠くなり、船に戻って横たわった。錨《いかり》でつないである船は、潮流で揺さぶられて丁度いいゆりかごのようになり、昼寝のつづきにはまったく心地がいい。こういうヒルネのハシゴというのも人生の一つのシアワセである。昼の大盛りカレーといい午後の昼寝といいなんだかたて続けに気持ちのいいことばかりになってしまって、申し訳ない申し訳ないとお詫《わ》びしつつ本格的な眠りに入ってしまった。

一時間ほどの漁でかなりの量のヒレジャコが獲れた。大漁船の帰還である。宿に戻ってシャワーを浴びさっぱりした。時計をみると夕方の五時になっている。といっても太陽はまだ相当に高いところでぎらぎら輝いている。ミイラ哲兵は午後の船で本部へ帰ってしまった。

まだ夕食までに相当時間があるので、みんなでまたビーチに行くことにした。ミイラが帰ってしまったので、湧川順子さんの甥《おい》っ子・宮里晃太君（小学五年生）がチームに加わった。昼間と同じ場所で試合開始。しかし潮が満ちてきて、三角ベースのスペースがどんどん狭くなってくる。ばかでかい球を打つとすぐ海に落ちてしまうので、アウトが増えてきた。

試合は午前中の攻防と同じくなかなかいい展開であったが、またしても魔の四回表、マルガク君がまたもや掟破《おきて》りのライト線はるかにオーバーのでっかいファールを打ち、同じように球はリュウゼツランとハブの待つ密林に消えてしまった。

この球は最後の一つである。我々は怒り狂ってマルガク君に、

「さがしてこい！」

と命じた。

「みつけるまで出てくるな！」

「さがせなかったらハブとなって一生そこにいろ！」

コトの重大さを察したマルガク君は、必死にリュウゼツランの繁みに入ろうとするが、ビーサンに短パンで入ると恐らく全身傷だらけになってしまう。それでも何度も突進また後退を繰り返す。結局我々は見かねてそのボールをあきらめることにした。

かくして、もう一つの水納島で拾われた二つの貴重なタマは、奇《く》しくも同じ名前の水納島にこのような形で移管されたのである。

やがていつの日かこのリュウゼツランの群生のなかで誰かがこの二つのタマをみつけるかもしれない。よほどのことがないとその繁みに人が入ることはないだろうから、それは何事か大きな変革が起きてそのあたりの密林が開拓されるときだろう。

けれどこの美しいクロワッサン島がいつまでも緑に囲まれていることを願いたいから、二つのタマは永久に発見されないほうがいいのかもしれない。

試合はまたしても途中で終了。二十二対十で今回も椎名組が勝った。

その夜は浜でビーチパーティーをやることになっていたのだが、あまりに風が強いので民宿の庭でバーベキューをすることにした。マルガク君が仕入れてきたカツオが刺し身やサラダになってどーんと出てくる。バーベキューで焼いた魚などもどーんとでてくる。昼間獲ったヒレジャコもどーんとでてくる。とにかくどーんどーんの大饗宴だ。

ひとしきりの酒宴の後、太めの宮里晃太君にぼくはプロレスを挑まれた。部屋に入って戦う。晃太君はかなり体重があってなかなかいい闘いをするが、技がニードロップしかなく、多彩な関節技を駆使してぼくは晃太君をひいひい言わせた。一方的にやっつけてしまうのもなんだから、ニードロップの二連発をぼくも受けてダウン。試合は一対一の引き分けで終了した。

小兵、脚をとった！

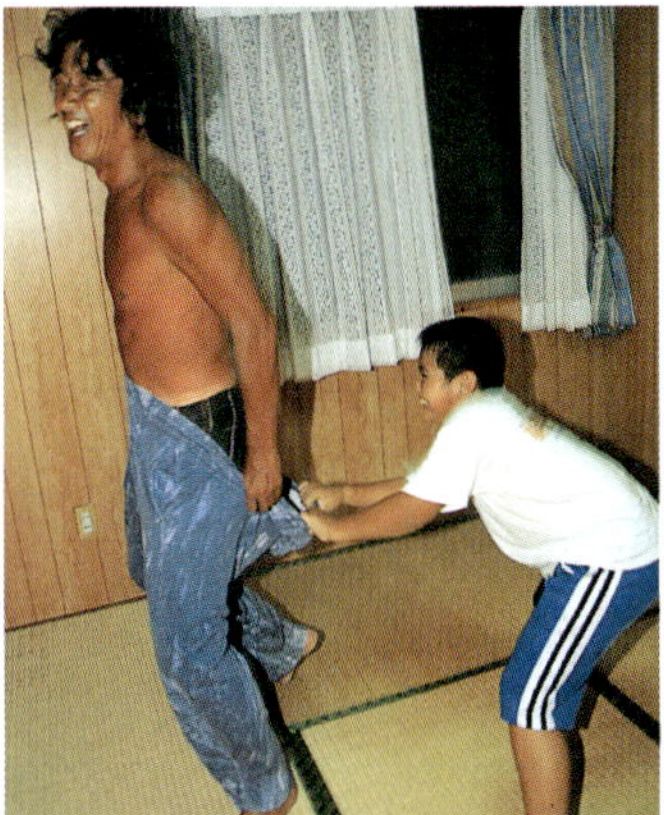

こらこら。

おーっと、ニードロップだ。

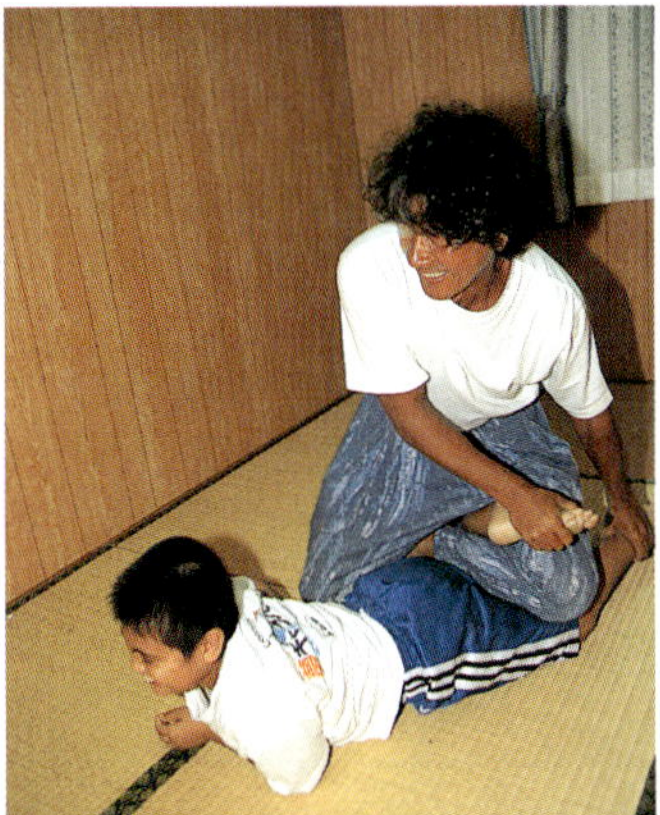

デスロックだ！　くいくい。痛いか!?

その夜もビーチボーイのK君がやってきた。昨日に比べると随分元気がない。聞くところによると、昨日おおいにエキサイトしていたK君はあれからも興奮したまま泡盛を飲みまくり、同じ宿舎に住む船員たちとまたケンカになってしまった。めっぽう強い荒くれ船員に後ろから強烈な回し蹴《げ》りを二発受けノックアウトされてしまったらしい。そのこともあって本日はやや自粛モードにあったというわけである。それにしても本日もいろんな人が出入りする民宿の庭で、泡盛とカツオの酒宴は果てし無く続いたのである。

●長寿おばぁは九十歳？　百歳？●

翌朝はカーペンターズで目が覚めた。今朝も隣接する小中学校がかなりの音量で流している。昨日は童謡シリーズであったが、今日は懐《なつ》かしのポップスシリーズで攻めてきている。南の島の朝としてはもう少しムーディーなストリングス系のものを希望したいところだ。

暑さとリュウキュウクマゼミの鳴き声も加わって、のんびりと寝ていられる状態でもなくなったので外に出て早朝のシャワーを浴び、昨日と同じビーチパラソルの下で原稿を書きはじめた。朝食も昨日と同じランチョンミートと目玉焼きの沖縄県民食であった。これもわかりやすくて大変よろしい。昨日と同じ平穏無事なやさしい（くもないか）朝がやってきた。

食事の後にみんなで仲宗根《なかそね》秀雄さんの家に行った。仲宗根さんは「タコ獲りおじい」の異名もあり、とにかく毎日海に出てタコを獲っている。タコ獲りが仕事なのだ。行ってみると誰もいない。沖縄の家は戸が全部開け放たれ、風通しがよくなっている。無人の家の前でぼんやり待っているとやがて軽トラックで仲宗根さんがやってきた。今日はどっちの海へ出るかを見るために、波の様子を見に行っていたという。

昭和七年（一九三二）生まれ。なぜ毎日海に出るかというと、仕事でもあるのだけれどある時から腰が痛くなり、海に入ると腰の具合がよくなるからリハビリも兼ねて、タコが獲れなくてもとにかく毎日海に出ていくのだという。

庭の生け垣の側《そば》に幾つも立てかけてあるタコ獲り用の道具を見せてもらった。長い棒の先にやはり長い鉄の鉤爪《かぎづめ》のようなものが付いている。小型のもの、中ぐらいのもの、大きなものと大きさも色々だ。どれもがプロが使っているという手触りと形をしている。

タコは一日多くて五〜六匹を獲る。獲ったタコは本部の料亭が買っていく。タコは大体二キロぐらいのものが水深一メートル程の穴の中にいるそうだ。新暦の一、二月

タコとりおじいと呼ばれる仲宗根さん。

あっちですか？　島いちばんの長寿おばあの家は。

海風に吹かれて、今日も島旅は続くのだ。

宿に咲くブーゲンビリア。

マルガク君の作ったソーミンチャンプルーは、ソーミンダンゴだった。

には五〜六キロぐらいあるオオダコもとれるという。けれども今年は台風が全然来ないので、サンゴがどんどん白化し、見ていてやりきれないと仲宗根さんは言う。読書家でもあり、最近読んだなかでは大沢在昌さんの『新宿鮫《ざめ》』が面白い、西村京太郎さんなども愛読している、と言った。ぼくの本も読んでいるという。なかなかいい人なのだ。

その仲宗根さんの家の裏側にはお母さんが住んでいる。仲宗根初江さん、島一番の長寿だ。その足で会いにいった。お歳《とし》を聞いたら、長く生きすぎてはっきりした歳がわからない、たぶん九十歳から百歳のあいだじゃろう、と言う。

その日のお昼はマルガク君が得意のソーミンチャンプルーを作ったが、一度に沢山茹《ゆ》ですぎた素麵《そうめん》がダンゴ状になり「ソーミンダンゴ」と化した。図らずも思いどおり作れなかったのでマルガク君は残念そうであったが、可哀《かわい》そうなので全員でそのソーミンダンゴをわしわし食う。

午後一時発の「みんな」号で本部に帰ることになった。「またきてくださいよお」と主人の湧川さんが手を振ってくれる。沖縄の人は見え透いたお世辞を言わないかわりに何でも心を込めた本音の態度や動作で生きているので見ていて心地がいい。「また来るよお」とこちらも手を振りつつ船は港を離れていく。

本部の海岸に着くと、あの海んちゅふうのしかし実はセールスウーマンの都留さんがびしっとスーツを着て港にいた。やっぱり本島に戻ると溌剌《はつらつ》と働くビジネスウーマンであったのだ。

帰りがけに本部の魚屋さんでシビマグロとカツオを買った。両方とも千二百円で、しかも巨大なものだ。恩納《おんな》村にあるタルケンの自宅に寄って奥さんにシビマグロを刺し身にしてもらって食った。夜は那覇の居酒屋「うりずん」に行き、カツオをおろしてもらって食った。まったくはない、いから終《しま》いまでカツオ三昧《ざんまい》の幸せの島旅であった。

●オロロン恋しや北の海●

天売島《てうり》

天売港にそびえ立つ巨大オロロン鳥その２。

羽幌港にそびえ立つ巨大オロロン鳥その１。

写真家の寺沢さんは、宿の看板を持って我々を出迎えてくれた。

●ウミネコたちのコワい歓迎●

飛行機は午前九時に旭川《あさひかわ》に着いた。空港でレンタカーを借り、そのままひたすら突っ走って十二時半に羽幌《はぼろ》港に到着。申し訳ないくらいの快晴である。申し訳ない申し訳ないといいつつ「フェリーおろろん」にクルマごと乗り込んだ。

港に突っ立っている高さ十メートルはあろうかという巨大なオロロン鳥の像が「いってこいよー」と言っている。胸に「WELCOMEサンセット王国　はぼろ」と大きく書いてある。このフェリーは焼尻《やぎしり》島を経由して約一時間半で目指す天売島に着く。焼尻島の売り物が夕焼けで、天売島がオロロン鳥であるからこの両方のメッセージをいっぺんにこなしているのだ。巨大オロロン鳥も忙しい。

船のデッキに寝そべっているうちに眠くなってしまった。よく晴れた空の下。ゆったりしたエンジンの音。北の海というのにほんの僅《わず》かな揺れ具合。昼寝にはもってこいのシチュエーションである。申し訳ない申し訳ないといいつつその殆《ほとん》どを眠っていった。その日は東京発の一便に乗るために早朝五時起きで、やや寝不足気味であったのだ。

島到着を知らせる汽笛の音で目をさました。初めて見る天売島が眼前に横たわっている。周囲十二キロ。人口五百人の小さな北の島だ。

船のデッキから見る島は思っていたより緑が濃い。島をとりまく北の海は本日まったくのベタ凪《なぎ》で、いくらか傾きはじめた午後の太陽にギラリギラリといたるところで光っている。これまで随分沢山の北の海を見てきたが、こんなに眩《まぶ》しい海は初めてだ。

フェリーの客は五十人ぐらいだった。六月の北の国は観光シーズンだが、こんなさいはての島にまでやってくる人は少ないのだろう。

この島では野鳥の研究とその観察を続けている写真家の寺沢孝毅《たかき》さんに会い、島のことや野鳥のことをいろいろ教えてもらう予定だった。しかしそれらしい人の姿はない。われわれが泊まる宿は「ホテル大一」である。仕方がないのでその看板をもっている人のところに行ったら、その人が寺沢さんであった。ホテルの出迎えのアルバイトをしている、という訳ではなくついでだから宿の看板をもってきて振っていたのだという。うーむ。なかなかいい人のようだ。

港はフェリーから降りてきた人々と、それを出迎える人々で賑《にぎ》わっていたが、それもほんの一瞬で、あっという間に閑散としてしまった。正面に二軒の食堂が並んでいる。「おろろん食堂」と食堂「よし丸」である。どちらにも「うに・いくら丼」の旗

さっそく、寺沢さんの船で鳥を見に海に出た。

ウミネコの卵を発見。そおっと写真を撮らせてもらう。

屏風岩付近に上陸。糞バクダンに注意！

看板。しかし今の船でやって来た人でその店に入ったのは誰もいなかったようだ。みんなとりあえず知人宅や宿にいくのだろう。

「今日はめったにないベタ凪ですから海が変わらないうちにこのますぐボートで海鳥を見にいくのはどうですか？」

寺沢さんが提案する。賛成である。自然の中を旅していると、同じチャンスは二度と巡ってこないということをあちこちで痛いくらいに思い知らされてきた。ましてやここでは海の機嫌と海鳥の機嫌の両方が関係するのだ。

船着場の端のほうに寺沢さんの小さな船外機つきのボートがもやってある。そいつですぐに港の外に出た。時計と反対回りで沿岸を行く。かなり急な崖《がけ》には一面オオイタドリが生い茂っている。相変わらず目に突き刺さってくるような濃い緑。

小さな船で漁をしている男がいた。寺沢さんの知り合いだった。近寄ってきてなにか大きな貝をいくつかゴロンと寺沢さんの船に放りなげる。荒っぽいプレゼントだ。

やがて崖から緑が消え、ごつごつした垂直に近い岸壁になった。海にはケルプがふえている。いくつか海側に突き出た岩の壁のすぐ下を越えていくと、突然白い鳥の大群が視界にはいってきた。同時に物凄《ものすご》い鳴き声。ウミネコの大群であった。

いやはやそれにしてもとてつもない大群である。我々の小舟を威嚇《いかく》するように大騒ぎしながら濃密にとびかっている。うっかりしていると糞《くそ》爆弾にやられてしまいそうだ。

ウミネコは北の海べりで必ず見るが、いちどきにこんなに沢山見るのは初めてであった。ウミネコはカモメの仲間である。日本沿岸で見ることのできるカモメは十四種であるという。しかしその殆どは渡り鳥で日本で繁殖するのはこのウミネコとオオセグロカモメの二種である。寺沢さんに聞くと、今頭の上で舞っているのはそのウミネコとオオセグロカモメらしい。そのほかウミウとウミガラスの仲間のケイマフリもいるというがどれだかわからない。

ウミネコはその鳴き声が本当にネコに似ている。ネコのイメージと「かもめの水兵さん」の可愛《かわい》いイメージで親しみをもたれているが、このウミネコの目をよくみるとそんな気持ちも薄らいでくる。まわりがあざやかに赤く、けっしてまばたきをしないその目は、実はなかなかコワイ。時折目が合ったりするのだが、なんだかいつも怒っているような感じだ。繁殖期に巣の近くに接近したりすると種類によっては攻撃をしかけてくるのもいる。ぼくは以前、フォークランドの無人島で誤ってトウゾクカモメの営巣地《えいそうち》に迷いこみえらい目にあったことがある。急降下し、頭を狙《ねら》ってつついてくるのだ。

屏風岩《びょうぶいわ》のあたりに上陸した。寺沢さんのあとについていくと岩の上にビデオカメラがセッティングしてあった。寺沢さんが定点観測しているのだ。

「この望遠レンズのむこうにオロロン鳥の巣があるんです」

レンズの先を指さすのだが、そこは高さ百メートル以上ある切り立った崖の中腹で、ぼくにはただもう灰色の岩が続いているだけにしか見えない。

持っていったスチールカメラの三百ミリの望遠レンズでは辛うじて岩に穴がいくつか空いているのが見えるだけだ。オロロン鳥はその穴のなかにいるらしい。岩の穴は上下に三つあいていてそのいずれもかつてのオロロン鳥のすみかだったらしい。なんだか三階建ての共同住宅のようだ。

「急速に減っています。昨年は二十四羽でしたが、今年は十六羽しか確認されていません」

寺沢さんのバードウオッチャー用の単眼望遠鏡で漸《ようや》くひとつの穴の中に二羽のオロロン鳥を見ることができた。成鳥なのかヒナなのかそこからの距離ではよくわからない。オロロン鳥特有の立っている姿のようだ。じっと見ていると僅かに動いている。たしかにこの目で初めてオロロン鳥を見た瞬間であった。嬉《うれ》しいような悲しいような複雑な気分であった。

南もいいけど北もいいぞ。こんなにまぶしい北の海は初めてだ。

●オロロン鳥は〝元祖ペンギンの兄弟〟●

日本にもペンギンがいる……。

というこ とを知ったのは昭和五十八年（一九八三）、最初にパタゴニア旅行に行ったときであった。旅の折りに読んでいた海獣・海鳥関係の博物誌にそう書いてあった。

ペンギンは北半球に生息するものと南半球に生息するものとでは種類が違う、とも書いてある。よく理由がわからぬままツバイクの『マゼラン』を読んでいるとパタゴニアでペンギンを見て「海に潜ることができる獣」というふうに考えた、と書いてあった。ぼくはマゼランやダーウィンなどのそうしたパタゴニア探検の本をよみ、軍艦に乗ってケープホーンまで行った。無人と思っていたケープホーンのてっぺんにはチリ海軍の兵隊たちがいた。

いきなりやってきた日本人にびっくりした兵隊は、そのとき何を思ったのか海まで駆け降りていって近くにいるペンギンを横抱きにしてもどってくるとそいつをぼくにプレゼントしてくれた。

いきなり生きたペンギンをプレゼントされても持ってかえるわけにもいかないのでしばらく友好的に（ペンギンはそうでもなかったが……）遊んだあとまた海に戻して

もらった。そんなことがあって、すっかりペンギンに興味を持った。平成元年（一九八九）に二回目のパタゴニアの旅に出た。今度はフォークランドまでいき、そこでキングペンギンやゼンツーペンギン、マゼランペンギンなどのコロニーを観察し、ますますペンギンに興味を持ってしまった。

いま島の案内をしてくれている寺沢さんの著書『オロロン鳥―北のペンギン物語』（丸善ライブラリー）という出たばかりの本を見つけたのはその旅からかえってきて数年経《た》ってからだった。

これを読み、日本には天売島に、元祖ペンギンの兄弟がいること、少し前までは根室半島の沖にうかぶ無人島モユルリ島にもいたということを知った。

「元祖ペンギンの兄弟」といういいかたは少々回りくどく、わかりにくいのだが、この本によるとこういう理由がある。

古代ヨーロッパにペンギンと呼ばれる飛べない鳥がいた。これは主に食用として捕られ、激減した。十六、七世紀に再び繁殖を得て沢山のコロニーがみられたが、今度は羽毛や脂《あぶら》をとるためにふたたび人間たちによって絶滅させられた。ヨーロッパ人が南半球のペンギンを知ったのはバスコ・ダ・ガマやマゼランなどの大航海以降で、ヨーロッパのそれと同じようなのがいるというのでペンギンと名づけられた。けれど絶

ウミウの集団がいた。

なんだなんだ、誰なんだとばかりに、ゴマフアザラシがこちらを見ていた。

滅したヨーロッパのそれは現代でいうペンギンとは別のオオウミガラスというもので、種類がちがう。北海道にすむオロロン鳥はウミガラスという種類で、かつてヨーロッパで「ペンギン」とよばれたものの仲間なのである――。

おおそうであったか。と静かに感心していると平成九年（一九九七）八月の毎日新聞に「『私たちを助けて！』『海鳥の楽園』北海道モユルリ島」という記事がでていた。それによると流氷に乗ってやってきたキタキツネによってウミネコ、オオセグロカモメ、チシマウガラス、ウミスズメ科のエトピリカなどの卵やヒナが襲われてＳＯＳという。とりわけ絶滅危惧種《きぐしゅ》のエトピリカは風前の灯火《ともしび》状態になっているという。記事には「ウミガラスが姿を消して12年」ともあった。やっぱりすでに絶滅しているようだ。

そこでウミガラスがまだ辛うじて生き残っているという北の小島、天売島が気になっていった、というわけなのである。

●オロロン鳥を大量発見!?●

天候はすっかり安定しているようだった。遠くくっきりと利尻《りしり》島の利尻富士が美しい。ゴマフアザラシが数頭ケルプの漂う海面に顔をだし、こっちを眺めている。相変わらず頭の上はウミネコ軍団が騒々しく飛び交っている。このあたり、昔はもっと夥《おびただ》しい数のオロロン鳥がいたのだ。

昭和三十八年（一九六三）の「天売島海鳥調査」によると、

ウミネコ　五〇、〇〇〇羽
オオセグロカモメ　一〇〇羽
ウトウ　一〇〇、〇〇〇羽
ウミガラス　八、〇〇〇羽
ケイマフリ　三、〇〇〇羽
ウミスズメ　巣卵二、三確認
ウミウ　一〇〇羽

という数字がならんでいる。ほんの三十五年ほど前にはこのあたりにウミネコにまじって〝日本のペンギン〟が八千羽もいたのである。おそらくこの、空をとぶことのできるペンギンはあの羽幌港に立っていた巨大オロロン鳥のように白と黒の燕尾服《えんびふく》のスタイルでぐいと胸を張り、あの岩この岩の上に無造作にとまっていたのだろう。

そんな思いをこめてあたりの岩を眺めまわしていると、すぐ頭の上の岩のてっぺんにペンギンのような鳥の姿が見える。改めて望遠レンズで覗《のぞ》いてみたが、どうみてもオロロン鳥のようである。

「寺沢さん！　大変です。すぐ傍にいました。頭の上です！」

ぼくは声を押さえて言った。我ながら声が少々うわずっているのが恥ずかしい。しかしコーフンするのも仕方がない。そのオロロン鳥があのレンズでのぞく岸壁よりずっと近いところにきわめて無防備に突っ立っているのだ。

「ああ、あれはですね……」

寺沢さんは少しも慌《あわ》てることなくのんびりした口調で言った。

「デコイです。オロロン鳥を呼び寄せるためにあの岩の上にオロロン鳥のデコイを我々でくくりつけたんです」

「デコイ？　あの鴨《かも》などのオトリ用の？」

「ええ。あっちの岸壁のほうにも入れてあるんです」

そういってさっきとは別の方角に高倍率の単眼鏡をむけ、見せてくれた。そこも崖の中腹で例の団地仕様になっている。そのひとつの穴に十数羽のオロロン鳥が見える。しかし今度はさっきの穴のなかの二羽とちがって何時《いつ》まで眺めていても微動だにしない。

なんだかそれはつくづく悲しい風景でもあった。

たくさんいた偽オロロンが、なんだか悲しかった。

オロロン鳥を発見！　が、よーく見ると右端以外はぜんぶ偽オロロンなのだ。

●ウトウは空陸海全部OKのスーパーバード●

夕方近く漸《ようや》くホテルに入った。陽が落ちると急速に寒くなっていく。ホテルには六月とはいえ暖房が入っていた。ホテルといっても畳敷きの民宿式である。港を望む丘の上に建てられているので窓からの眺望が素晴らしい。目の前に静かに暮れていく北の海がみえる。最後の連絡船が出ていくところであった。モロに演歌の風景ではないか。

ぼくの本の読者だという若い女性がそのホテルに勤めていた。京都からやってきたのだという。

この島はなんにもないので最初の頃はよくホームシックにかかったけれど、今は友達もできて元気だという。毎日昆布をたべているので髪の毛がどんどん増えて困る、とも言っていた。

その夜、ウトウの帰巣《きそう》時間にあわせて赤岩に行った。ここには地表から一メートルほどのところに散策歩道橋のようなものが作られていて、それはちょうどウトウの巣を眺められるようになっている。

ウトウは普通海で暮らしているが、五、六月の産卵期になると海鳥には珍しく地面の中に穴を掘ってそこで卵を生む。

卵がかえってヒナになるとまた海にもどるが、夕刻になるとヒナの餌《えさ》をくわえて巣にもどってくるのである。その数は四十万から八十万羽といわれている。

オロロン島のことばかり気になっていて、このウトウのことはまったく知らなかったのだが、いやはや聞いてみるとこいつはまことに興味ぶかいヤツである。

まずウトウは百メートルくらい潜っていく潜水能力があるという。仲間と組んで餌のイカナゴの群れを追う。このときどうやら沖縄の漁師がよくやる「追い込み漁」をやっているようなのだ。

みんなでイカナゴの群れを追い、丸く寄り集まったところに口をあけて突っ込んでいく。だからいちどきに何匹ものイカナゴを口にくわえることができるのだ。

なるほど嘴《くちばし》に沢山のイカナゴをくわえたウトウが弾丸のように海から戻ってくる。いちどきに何百羽というウトウが飛来してくるさまというのが凄《すご》い。

それにしても空を飛び、地を歩き、海に潜るウトウの空陸海全部ＯＫのスーパーバードぶりが見事だ。

そのウトウの帰巣をウミネコどもが待ちうけている。餌のイカナゴを横取りするためである。ここにおいて天売島におけるいい鳥、悪い鳥の役割は明確になった。働かずに昼間はやたらあっちこっちミャーミャー鳴いて飛び回っているだけで、夕方になると追い込み漁から帰ってきたウトウのヒナの餌を横取りしようとするウミネコというのは、とにかく相当に悪い。

勿論《もちろん》ウトウもそうやすやすと餌を取られるわけにはいかないから、ここで両者の死闘が演じられる。ウトウが着地したとたん物凄い砂ぼこりが舞い上がる。待ち受けているウミネコの集団が一羽のウトウに襲いかかる。嘴から垂れ下がったイカナゴを強引にねじり切るようなあくどいウミネコも沢山いる。なんとか攻撃をかわして巣の中にもぐり込んだ時など拍手ものである。

しかし、自然界というのはそうそう単純ではなかった。いろいろ見知っていくと、このウミネコを襲うその上の〝悪《ワル》〟がいるのを知った。それはウミネコの卵を襲うリクネコである。いや、リクネコというとちょっと分かりにくいかもしれない。ウミネコにたいして敢《あ》えてリクネコと言ったがつまり要するに猫なのである。

●密入国・密輸入・密漁を見たら１１０番●

ひと晩中窓をガタつかせていた風は、明け方になっていくらかゆるんだようであった。空には厚い雲がはりつめていた。昨日とはガラリと違った北の島の厳しい夜明け

ウトウはよく、こんなにたくさんのイカナゴをくわえられるものだ。

羽幌から天売島へ向かうフェリーで。利尻富士がよく見えた。

だった。

六月の半ばだというのにストーブが必要だった。今こんな状態では真冬になったらどんなかんじになるのだろうと想像してみるのだが、うまく想《おも》い浮かばない。

厚い雲と沖の海の色が殆《ほとん》ど同じになっていて空と海の区別がうまくつかない。

堤防の先の赤燈台《あかとうだい》の灯が消えるとあたりが急にまた少し明るくなったような気がした。

早めの朝食をすませカメラと双眼鏡の用意をして宿を出た。この島には周回道路が一本あるだけなので、殆ど地図はなくてもいいくらいだ。

港から出て二、三キロは道路の左右に家が並ぶ住宅地になっていたが、家並はすぐにとぎれた。密漁者に警告するおどろおどろしい看板がいやでも目につく。水中眼鏡をかけた男の腕に手錠がせまるリアルな絵があり「やめよ密漁!」の大文字。〈密漁は犯罪行為! ウニ・アワビを採ってはいけません。――くみあい・しどうれん・北海道密漁防止対策協議会　第1管区海上保安部・北海道警察・北海道水産部〉

いろいろにバージョンを変えてこういう看板があっちこっちにある。いかに密漁が多いか――ということなのだろう。〈沿岸警戒中〉〈密入国・密輸入・密漁を見たら110番〉というのもある。そっちのほうの心配もしなければならないのである。

次に目につくのはネコの姿である。あっちこっちにネコがいる。このあたりの家に飼われているネコなのかノラネコなのかネコというのは見ただけではその区別がつかない。とにかくヒトの姿よりもはるかにネコのほうを沢山見る。

廃屋らしきものがあったので行ってみる。床は朽ちて天井もなくここにもオオイタドリが生い繁《しげ》っている。そのむこうに灰色の海。北の島のさびしい風景のひとつだ。家に人の姿を見るとなんだかホッとする。強い風を考慮して建てられたのか通常より背のひくい二階建ての一階でラジオを聞きながら手作業をしているおばあさんがいた。そばに石油ストーブ。赤いプラスチックの玉や水色透明のガラス玉のついた仕掛けを直しているようだ。聞いてみるとタコ漁の仕掛けの直しであった。三人子供がいるがみんな札幌に行ってしまっていて、いまは老夫婦二人の暮らしだという。

明治時代、ニシン漁が盛んだった頃に建てられたニシン番屋の大きな建物がまだそのまま残っている、というので訪ねた。なるほど北の荒海にむかってどんと胸を張ったような立派な建物で池田番屋という。その梁《はり》の太さや煤《すす》けたような板壁の黒さに時代の威信を感じる。建築は明治三十四年（一九〇一）、京都から宮大工がやってきてつくったという。今は「鰊《にしん》番屋」という民宿になっており、六月から秋口までやっているそうだ。すると今はもうシーズンさ中ということだが宿泊客の姿は見えなかった。

この番屋の近くにもネコが何匹かいた。

その足で昨夜、ウミネコとウトウの闘いを見た赤岩展望台に行った。昨日は暗くて目に入らなかったのだが道のあちこちに板づくりの四角い箱が沢山置いてある。それから「マムシ注意！」の看板がやたらにある。公衆便所の壁にも「トイレ内にマムシが入る場合があります」との注意書きがあった。これはなかなか迫力がある。

看板のたちかたから見てどうもマムシはそのあたりに集中して出没しているようだ。

●まあひどい、みんなしてあんなコトを！●

六月一日から八月三十一日まで島の北西部を回る道路は時計回りの一方通行になる。この期間、観光客が一番やってくる。そして海鳥たちが抱卵からヒナの巣立ちまでの一番敏感になる時でもある。

赤岩展望台のそばに行くとウミネコたちが早くもチラホラ散在している。ウトウがイカナゴをくわえて戻ってくるのは夕方以降だからまだ大分早い時間だが「やることないからもう待ってるんだかんなオレたち……」という気配が濃厚である。

そういえばむかし、田舎の駅などにいくとたいていこういうアンちゃんがいたものだ。

ニシン漁が盛んだった頃に建てられた番屋は、今は民宿となっていた。

漁師の奥さんがタコ漁の仕掛けを直していた。

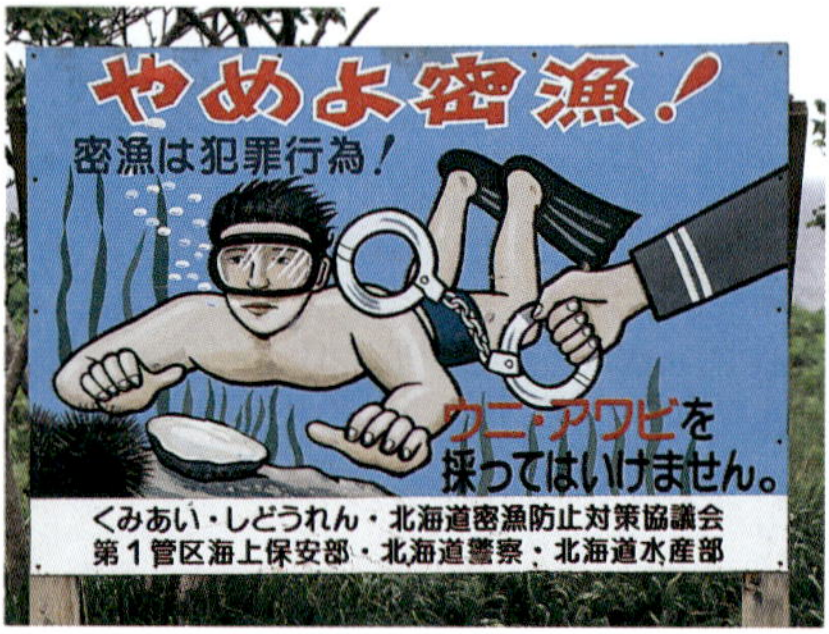

やめよ密漁！　ウニ・アワビを採ってはいけません。ハイ。

島の住宅街。地図はいらない。周回道路があるだけだから。

海鳥は餌のとりかたに大きくわけて三つのタイプがある、ということをこの天売島ではじめて知った。ウミネコやオオセグロカモメなどのカモメ科の鳥は水中に潜れないので水面捕食型といわれている。といってもノンキに水面に漂っている魚は少ないから、漁船から落ちた魚や人間の出す残飯、観光客のくれるスナック菓子、他の鳥の卵やヒナなどを狙《ねら》うことになる。何でもたべる拾い食いタカリ専門でもある。

天売島に生息するウミガラス、ケイマフリ、ウトウ、ウミスズメなどはウミスズメ科に属するが、これらは潜水能力に秀《すぐ》れていて、水中で翼をひろげ、それを羽ばたかせてぐんぐんと数十メートルも潜り、魚を追っていくので潜水追跡型という。

空中を飛んでいてコレハ！ というのを発見するとそのままザブリと垂直に海中に突っ込んでいって魚をつかまえる、という水面突入追跡型というのもいて、この島で代表的なのはハイイロミズナギドリである。もっと暖かい海でよく見るアジサシ、コアジサシなどもこの突入型だ。やることがカッコいい。みんな生きるために大働きをしているのだ。

これら勤勉実直労働タイプに対してウミネコの態度はどうも分《ぶ》が悪い。

その日も赤岩展望台のウトウの巣のまわりにタムロしているウミネコの中の五、六羽が隅のほうでなにかしきりに砂ぼこりをあげている。数人のおじさんおばさん連れの観光客がそのそばの回廊式観察台のようなところからしきりに何ごとか叫んで怒っている。見るとたしかにアレマア……！　だった。何かカンちがいして巣穴から這《は》いだしてきてしまったのか、あるいは強引に引っぱりだされてしまったのか、灰褐色をしたウトウのヒナが一羽、ウミネコたちにとり囲まれ、交互に何度も突っつかれこづかれ引きずり回されている。ヒナはもうぐったりしていて間もなく死んでしまうようだ。親の留守に五、六羽のウミネコたちが寄ってたかってヒナをなぶり殺しにしているのだ。

展望台の観察回廊から至近距離でそれを見ているおばさんが怒っている。

「まあひどい、みんなしてあんなコトを！　困ったわ。どうしたらいいのかしら。コラ！　しっし！　しっし！　よしなさい！　あんた、なんか言ってやんなさいよ！」

おばさんは怒りまくり、隣にいるダンナらしき人の横腹をこづいている。ダンナはかといって大きな声を出すのもていさい悪いので困って片手をふり回している。怒りのすべてをその手のふり回しに込めているのだ。

ウミネコたちはこうして昼の間ヒナなどをいたぶり、夕方以降ウトウの親が追い込み漁で口にいっぱいくわえてくるイカナゴを奪いとろうと手ぐすねひいているわけである。

こんなふうにこの赤岩付近ではもう圧倒的にウミネコは定職をもたない悪者集団となっているのだが、その背後にはウミネコにもウミネコなりのつらい事情があるらしい。

ウミネコは自分のヒナにエサをあげたいのだが、漁港のないこの天売島では魚を拾う場が自然界に限られている。しかしここは約三万羽という日本最大のウミネコの大繁殖地。慢性的な餌不足にあえいでいるようなのだ。そこでどうしてもウトウの餌横どりという悪らつ手段に出ざるを得ない。どうやらかれらも趣味や好みでウトウの餌略奪をしている訳ではないらしいのだ。

そしてウミネコが自分の巣を留守にしている間にウミネコやウトウの卵とヒナを狙ってリクネコがやってくる。町に異常にネコが多いと思っていたが、これらのネコのほとんどがノラネコで、昼間は人間の残飯をあてにして町にタムロし、夕方、ウミネコの留守を狙ってみんなでその卵やヒナを襲いにいくのである。

ウミネコ対リクネコの戦いはどうやらリクネコ（ノラネコ）のほうが優勢らしく、天売島ではこのところウミネコの個体数の減少が深刻な問題になってきている。

そこで少し前北海道庁が中心になって島のネコをなんとかしよう、ということになった。早い話、捕獲して殺す、という訳である。これにすぐ動物愛護団体が反応した。

ウトウのヒナが数羽のウミネコに突っつかれていた。

赤目がなんだかコワいウミネコ。

ウトウなどと同じく、潜水追跡型のケイマフリ。

なんというひどいコトを！　という訳だ。そこで四〜五年の間捕獲して不妊、去勢手術をしてまた野に放つ、という対策を行なっていたが、殆ど効果はなく今は中断、結局もとの野ばなし状態となりノラネコは増え続けている。ここに来る途中見かけた道端の木の箱はそのネコをつかまえるワナつきの捕獲箱なのであった。

「いまはもう打つ手がない。この島の永い歴史の自然界のサイクルシステムに、ネコが加わったからです。ネコを捨てたのは人間ということになるわけですが！」（寺沢孝毅氏）

ウトウ、ウミネコの個体減少危機の問題頂点には人間の心優しい〝余計〟なヒューマニズムが君臨している、という訳だ。

●ウミネコもつらいのだ●

この島のウミネコ最大の繁殖地、観音崎海岸に行った。天気は朝から変らず、厚い雲の下、海からの冷たくて強い風が吹き上げてくる。このあたりは百数十メートルの垂直に切り立った崖《がけ》が続き人間をはじめとしてネコもあの貪欲《どんよく》なカラスも入りこめない。そこに、ウミネコをはじめとした海鳥たちがその習性にみあった場所をうまく使いわけて営巣している、百万羽スケールの壮大なサンクチュアリなのだ。

「断崖《だんがい》の岩棚にはウミガラス、ウミウ、ヒメウが繁殖し、（中略）断崖のすき間や岩石が積み重なったわずかな空間にケイマフリ、ウミスズメが繁殖し、断崖上部の草の生えた土の斜面にはウミネコ、ウトウ、オオセグロカモメが繁殖します」（『海鳥のこえ　天売島エコツーリズム・ガイドブック』財団法人自然環境研究センター刊）

いやはやその景観はまったく素晴しかった。視界のすべてに鳥が舞っている。そのおびただしい数の海鳥たちのなき声がものすごい。

半面だけのすりばち状になった巨大な崖の上部はいたるところがウミネコやオオセグロカモメの営巣地になっている。ふと見ると、道から二メートルほどのところに巣があって、斑点《はんてん》のある茶褐色をした卵を親が抱いている。こっちを見て「それ以上近よるなヨナ」と赤い輪郭のついた目で睨《にら》みつけ嘴《くちばし》をカツカツ打ちつけて威嚇《いかく》している。ハイわかりました。これ以上近づきません。

抱卵日数はオオセグロカモメもウミネコも二十五日前後。平均孵化《ふか》率は普通の年で七十パーセントぐらいという。

孵化すると、つがいが交代でエサを運んできて育てるが、抱卵しているときに〝所帯〟をもてなかったあぶれ雄が攻撃してきたりして親はかたときも油断がならない。抱いている卵は一～四個ぐらいのようだが、問題はいっぺんに孵化するわけでなくバラツキがあることだ。つまりひとつが孵化しても残ったふたつがまだだったらヒナのエサを取りにいかなければならないわ、卵をあたため続けなければならないわ、でその苦労は並大抵でない。

さらにヒナは孵化後一週間ぐらいは自分で体温調節ができないので、この間に約三分の一くらいが死亡するという。この危機ラインをこえて二週間ほどすると漸《ようや》く〝ヒトリダチ〟していけることになり、親鳥はそこではじめてホッとして「やれやれ、これで子育てがやっと終ったわ。これからはあそんじゃうんだから!」なんて人間みたいなことは言ったりしないのである。

『動物たちの地球』(週刊朝日百科)を読んでいたらオオセグロカモメの項に「人間がもたらした異常繁殖」というタイトルがあって「ん?」と思った。読んでみるとこういうことだ。

ウミネコやオオセグロカモメは前述したように自分で海に潜って捕食できない。それでどうしても餌に確実に遭遇できるところに集中していく。厳しい自然界よりも飽食人間が大量に出す生ゴミなどのある塵芥《じんかい》処理場に集ってくる。今ではカラスやトンビなどにまじって都市部のそういったところにカモメ類が群れで飛来してくるのはあたり前の風景になってしまったようだ。

目の前でウミネコがざっと三百羽、めまぐるしく空を舞う。
写真を撮るのも忘れてしまう。

ウミネコの繁殖地の周りには、リクネコの襲撃を防ぐため弱電の流れる防御線とオトリのネコが配置されていた。

「おろろん食堂」の元気なご婦人たち。ウニクラ丼、おいしかったよ。

正しい綱引き三本勝負なのであった。

釧路《くしろ》市では増えすぎたオオセグロカモメが港の倉庫の屋上に営巣を始めたりしているという。外敵に神経質なこの海鳥の生態からは予想もできないことであるらしい。

「海鳥の繁殖地として天然記念物に指定されている道北の天売島では、不燃物捨て場に大量の生ごみが捨てられたため、オオセグロカモメが異常繁殖をしはじめた。その結果、同島で繁殖するウミガラスの雛《ひな》が襲われて捕食されるという問題が生じ、オオセグロカモメの駆除がとりざたされるに至っている」（橋本正雄氏の文）

ウミガラスとはオロロン鳥である。

オロロン鳥がいちどきに激減した理由のひとつにサケマス漁の流し網犯人説がある。この漁の流し網は長さ十四キロ、深さ五メートルぐらいのものを海面に流していく。ここにオロロン鳥がかかっていく。その頃、サケ、マス船に乗っていた漁師の話では何百羽とかかってしまったオロロン鳥を捨てるのに毎日苦労したという。オロロン鳥と似ているウトウが生きのびたのは夜間に巣に帰ってくる習性かららしい。

昭和三十八年（一九六三）に八千羽いたオロロン鳥は昭和四十年代に入って三千羽にがくんと落ちた。丁度サケマス漁の流し網が一番さかんな頃であった。小魚→オロロン鳥→サケ・マス→人間の利益という問題のあるサイクルがフル回転していた時代である。

●ケンラン豪華〝ウニクラ丼〟●

港の「おろろん食堂」で遅い昼食をとった。メニューを見るとどうもここはドンブリものが主役のようである。そこで北の名物ケンラン豪華ウニクラ丼（ウニイクラ丼）を注文すると、この丼のほかに煮魚とたくわん、ホタテのエンガワ、コブ煮がついてきた。これがセットになっているらしい。食べきれないのだ。

食堂のオバちゃんたちも元気がいい。食べ終ったあと店の前に並んでもらい、記念撮影をした。「あらやだよー」「今日は化粧してないからダメだよオー」等々と言いながら、けっこうきちんとオロロン鳥のように胸を張ってカメラの前に立ってくれた。

その日は午後三時から研修センターというところで「海鳥保護の集い」という催しものがあり、天売島の自然を描いたビデオを見て綿貫《わたぬき》豊先生の「旅の者が見た天売島と海鳥」についての話を聞いた。夕食は港のもうひとつの食堂「よし丸」に行った。食堂は二軒しかないので交互に行かないとイケナイようなのである。夜は昼に増してどっさり料理が出てきた。

翌日はくもり空だったが時おり薄陽がさしそうだった。昼少し前に島の天売小学校の校庭に行った。今日は島民運動会なのである。

参加者は保育園、小、中、高の生徒と教職員、そして島民。つまりこの島の人はすべて、という訳である。天売小は創立百年以上の古い学校でかつてニシン漁の盛んな頃は小中学校合わせて六百人ぐらい通っていたという。今は小、中、高合わせて五十五人である。

日あたりのいい場所にすわって見物していたら先生らしい女性と高校生がお茶を持ってきてくれた。

午後から晴れたが風はそれでもまだ冷たい。

解説「竹島三角ベース団」

南方写真師たるけん、垂見健吾

そう、あれは今からもう6年前、竹島で男5人キャンプしたことがあったわけさぁ。小さな島の突端のオンボ崎という所に、みんなでテント張ったら、もう夕食の支度時間までなぁんもすることがなくてね。もちろん仕事用の写真撮ったあとだよ。デージ美しい硫黄島を見るのにも飽きた頃、椎名のにぃにぃが変なものを取り出したんだ。魚網の浮きに使う真ん中穴あきプラスチックボールだ。これで野球やろうっていうんだ。先月旅をした奄美《あまみ》大島で、漁師たちがビーチで遊んでいたんだって。仲間にいれてもらって、デージ面白かったらしい。

さっそくみんなでバットがわりの流木を探して、三角ベースボールをはじめたわけさぁ。子供のころを思い出して、浮き球ボールがみえなくなる夕暮れまで夢中になったねぇ。思えばこれが記念すべき、浮き球三角ベースボールの誕生だったんだねぇ。

6年経《た》った今じゃあ、なぁんと全国で会員1000人、チーム数60の大組織になっちまって、しかもちゃあんと事務局があって、会の規約もあるんだよ。年会費1500円、なにしろ平均年齢がデージ高くて、試合のたびに怪我人《けが》が多いわけ。骨折保険が必要なんだよね。

　沖縄から北海道まで7つの地域リーグがあって、全国大会、日本選手権もやるんだよ。ああそれから、にぃにぃ主幹の「浮き球スポーツ新聞」略して「うースポ」という、タブロイド判スポーツ紙も発行しているわけさぁ。デージ大事業なんだ。

　一応きまりってのがあってね。最初のころは流木バットに素手だったけど、今は法改正されて、金属バットもグローブも使用ＯＫ。７人制でうち女性２名以上、ピッチャーは必ず女性か子供。いやはや、進化したわけさぁ。

　この遊びがいいなぁと思うのは、ボールの浮き球が軽くてしかも穴が開いてるから、風に流されたりして真っすぐに飛ばないところが最高に面白いわけさぁ。誰でもそれなりに楽しめて、いい運動になって面白いんだ。しかも、本気でガンガンのチームや、沖縄のボクらのチームのようにビールのみながら、勝負にこだわらないへらへらの、てーげーなチームやら。

　このいいかげんさが、いいんじゃないのかなぁ。と、勝手に「なんでかなぁ」「だからよー」と、沖縄風に言い訳しながら、
まだまだ熱のさめない、南方生まれの浮き球三角ベースボールだわけさぁ。

　プロ野球のキャンプ地、沖縄にて　（平成十六年二月）

この作品は平成十三年五月新潮社より刊行された。

波《なみ》のむこうのかくれ島《じま》

新潮文庫　し－25－25

平成十六年四月一日発行

著者　椎《しい》名《な》誠《まこと》
垂《たる》見《み》健《けん》吾《ご》

発行者　佐藤隆信

発行所　株式会社新潮社

郵便番号　一六二―八七一一
東京都新宿区矢来町七一
電話 編集部(〇三)三二六六―五四四〇
読者係(〇三)三二六六―五一一一
http://www.shinchosha.co.jp

価格はカバーに表示してあります。

乱丁・落丁本は、ご面倒ですが小社読者係宛ご送付ください。送料小社負担にてお取替えいたします。

印刷・大日本印刷株式会社　製本・憲専堂製本株式会社

ISBN4-10-144825-6 C0195